浮生六记

纯美悦读

〔清〕沈复 著
半枝半影 译

中国华侨出版社
·北京·

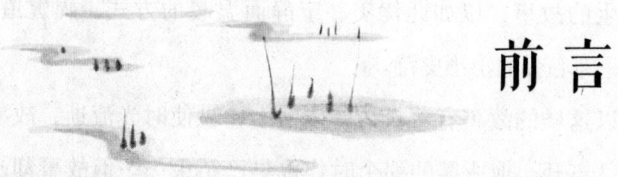

前言

请让我为你讲一个故事，一个老故事。

和许多老故事一样，其中有欢乐也有哀伤，有温馨也有酸楚，有热闹也有寂寞；似乎过于平凡，还有点不合时宜，却有一种看似"慢半拍"但永不过时的温暖、悠然和浪漫；当然，还有爱情。

事实上，很多人都会把它当作一个爱情故事来读。

可如果你只是想要听一个爱情故事，那么恐怕你也许会有些失望。这个故事里的爱情，与人们想象中古老故事里的爱情并不一样。它更现实、更琐碎、更复杂，好像不那么纯粹，又有一点沉重。但是相信我，它仍然是美好的，真诚而动人的。

然而我还是更愿意将之解读为一个成长的故事：一个人如何与世界相遇，与真实的生活相遇；如何构建起属于自己的小世界，又是如何在世事的无常和无情中尽力地守护它；一个人如何遇到所爱，如何与所爱之人相守，又是如何最终失去了她；而在这样的过程中，他是如何保守着自己的心，保守着生活中的诗意与宁静，又是如何在回忆中重寻生命的光彩、柔情与美妙……是的，这是一个关于成长和心灵的故事，一个人心灵的小小史诗。

也许，我们每一个人，无论多么平凡，多么微不足道，如果把你一生的故事，以如此优美、宁静而温暖的方式，娓娓道来，都会是一部心灵的小小史诗。

所以这样的故事有着长久的生命力，纵使时光流逝，故事里的人早已离开，他所属的那个时代也早已结束……但故事却永远让人为之动容，为之若有所思、若有所感。

正如一位不知名的诗人的诗句——

那些细小的花朵
散发着永远的芬芳

现在，请让我来为你讲述这个故事。

或许我的讲述方式有些特别，在最开始，我会先为你简单地讲述一下主角一生的故事。

因为这个故事最初的讲述者——也就是我们的男主角，把它拆成了一个个浮光碎影的片段，以特别的方式重新连缀起来，就像是一位手法高明而又前卫的导演，或者是带着解构精神的现代画家——巧了，他确实是一位画家——创作的一个系列，欢乐的归欢乐，旖旎的归旖旎，悲哀的归悲哀，洒脱的归洒脱……这样的好处是每一个片段都被相似的记忆烘托，更加鲜明和鲜活，反复烙印进读者的意识中。——这正是阅读最美妙的感受。

但同时，我们也会迷失在这片记忆的丛林中，迷失在小径分岔的花园里，难以清晰地梳理出前因后果，看不清这个人的一生。当然，也许你会说这又何妨。是的，这又何妨。美国诗人庞德曾经说过，不知前因后果的情形下惊鸿一瞥的人生，才最应该被珍惜。

然而我不是诗人，我只是一个平凡的读者，我喜欢一个故事，喜欢一个人，就愿意知道他一生的故事，了解故事的因缘曲折，开始、发展与结局。所以，这一部分，就当是我为所有像我一样的读者，所做的小注解，让我们在走进这个人的心灵之前，先知道他都经历了什么，他生命中的那些人都是谁，他们为何欢笑，为何苦恼，如何厮守，如何分离。我总觉得，这样我才能更好地感受到他们的情绪和他们的灵魂。——这未尝不是另一种阅读的美妙之处。

当然，最大的篇幅我会交还给我们的男主角，尽我所能，最大限度地保留他文字的气韵与性情——是的，文字也是有性情的，每个人的文字都是他灵魂的投影，你是个什么样的人，经历过什么，就会留下怎样的文字，无法真正地隐藏，也无法长久地掩饰。

我们的男主角，直率、天真、温柔而善良，有些自我，有些多情，有时似乎有点软弱犹疑，却又有着寻常时候不大看得出来的坚强和担当。所有这些，一一落在他的文字中，朴素、浅白、优美，不多加修饰而又不失婉转的文字，让人动容或是莞尔都随他的意。

这样的文字最难译得妥帖，我只能说我会尽我所能，循着作者的文气脉络摸索过去，若能做到宛如白话家常就已经余愿足矣，倘若偶尔能仿佛一点诗意与风情，就当作是天助吧。

此外，在有的地方，我会放缓节奏，诠释一些相关的背景知识；在有的地方，我会加入一点自己的理解、感悟甚至想象。作为译者，我无法也无权判断这种方式是否适合用来讲这个故事，我只能说，因为我爱这个故事，我爱故事里的那些人，我为他们的悲欢离合、爱恨嗔痴而牵挂，而感动。我也试图将这份爱、牵挂和感动，传递给你。

目 录

上篇：故事 —— 1

下篇：浮生 —— 7

卷一：闺房记乐 —— 8

卷二：闲情记趣 —— 63

卷三：坎坷记愁 —— 87

卷四：浪游记快 —— 126

附录（前四卷） —— 193

《浮生六记》原文

上篇
故事

浮生六记

我们的故事,从清朝乾隆二十八年(1763年)开始。

这一年十一月二十二日,故事的主角沈复,诞生在苏州一个小康的读书人家。

他的父亲名为稼夫,是一名高级幕僚,母亲娘家姓陈,他至少还有两个姐妹,以及一个弟弟,弟弟名叫启堂。

沈复有一个伯父早夭,没有留下后代,因此他自幼被过继给这位伯父,每年好为他扫墓祭拜。——这种过继应该只是形式上的,但也埋下了日后沈氏兄弟间生出罅隙的隐患。

沈复年幼时,曾与金沙于家的姑娘定亲,但这位小姑娘八岁就夭折了。之后与他订婚的是他舅舅陈心馀先生的女儿,他的表姐陈芸——也就是故事的女主角"芸"。

沈复的舅舅很早去世,留下一儿一女,舅母姓金,性格软弱,因此芸年幼时过得颇为艰苦。

沈复自幼与芸青梅竹马,年纪稍长,他就对美丽聪慧的表姐萌生了爱慕之情,主动向母亲提出要娶芸为妻,沈母便做主让他们订婚了。

沈复十八岁那年,与芸成亲,两人感情很好,度过了一段神仙眷属的快乐时光。

之后的十几年间,沈复经常随侍在父亲身边,后来因故放弃学业,转而学做幕僚。但他的幕僚生涯似乎并不成功,而他也并不喜欢官场上的尔虞我诈,一度转向经商,可也并没有什么很大的收获,最后还是回到了他并不喜欢的幕僚工作中。

沈复生性豁达快乐，喜好交友，喜好出游，结交了众多情投意合的好友，也游历了许多山水名胜。他似乎就是有这种本事，即使是困窘的日子也总是有办法过得津津有味。

更为难得的是，芸和他是一样的人，安于简单平淡的生活，自得其乐。两人情深意笃，夫唱妇随，芸的温柔体贴和兰心蕙质，为他们的生活增添了别样的趣味和风情。

尽管其间经历了几次家庭风波，两人甚至一度被从家中赶出，但那仍然是一段算得上逍遥惬意的好时光，如他自己所说"烟火神仙生涯"。

婚后七年，他们的女儿出生，取名青君；之后两年，又生了一个儿子，取名逢森。一家四口，虽然并不富裕，倒也过得安闲快乐。只是芸因为弟弟离家下落不明，母亲去世，忧伤病倒，病情时好时坏，为这美满的生活投下了淡淡的阴影。

到了沈复三十八岁的时候，变故陡生，因为种种误会和不顺，他和芸再次被父亲逐出家门，只得投奔芸幼年时相交的一个好姐妹。

此次变故仓促，他们匆忙间为青君订下婚约，并请亲家把青君接走；又让儿子投靠一位朋友，学习经商。但一家人就此骨肉分离，再也没有团聚过。

此时芸的身体已经很差了，虽然在姐妹家调养后略有起色，但随后又经历了一些挫折变故，终于在四十一岁那年，她病逝于扬州。

这应该是沈复一生中最艰难低落的时候，爱妻病逝，骨肉离散，流落他乡，一贫如洗。他甚至没有能力将芸送回家乡安葬，只能暂时将她葬在异乡。

第二年，沈复的父亲沈稼夫去世，沈复回家奔丧，又与弟弟产生纠纷，心灰意冷之下，他几乎要弃世出家，幸而得到朋友的扶持鼓励，这才渐渐振作起来，又投奔一位童年好友，做了他的幕僚。之后，他跟随好友离开家乡，在四川、山东等地奔波，最终来到北京。

在此期间，他的儿子逢森也因病夭折。

经历了种种悲欢离合、沧桑起伏，回忆往事，在他四十六岁那年，沈复开始写一本书。

这是一本小小的书，我们无从知晓他是否写完了，因为流传下来的并不完整。

我们同样不知道沈复四十六岁之后的人生是怎样的，也不知道他是在何时何地，如何离开了这个世界。

事实上，除了朋友文集中偶尔提及的只字片语，他在这个世界上留下的全部痕迹，只有这一本小书。

就是这一本小书，在之后很长一段时间里也并不为世人所知，一如沈复这个人。

到了光绪三年（1877年），一位名叫杨引传的文人，在苏州的一个小书摊上，偶然买到了这本书的手稿，但已经是残缺不全的。

读过之后，他深为所动，推荐给身边的朋友们，大家也都觉得非常动人。于是他们将之印刷出版。这时，距离沈复提笔写下它的时候,已经过去了七十多年。

这位杨引传,本人并不很出名,但他有个非常出名的妹夫,叫作王韬。

没错,就是晚清著名的思想家、政论家,曾创办了《循环日报》的那个王韬。

王韬读到这本书,也极为赞赏,并为此书作序。从此之后,这本书渐渐为人所知,倾倒了一批颇有影响的读者,其中最出名的有俞平伯先生和林语堂先生。

俞平伯,近代著名学者、散文家、教育家,被誉为"中国白话诗的先驱",而他最为人所知的学术成就,是对《红楼梦》的研究与考据。

据他回忆,他年少时在苏州曾读过沈复的这本书,当时就觉得很是可爱动人。但时间流逝,他渐渐忘记,连书名也不复记忆。后来在上海,经顾颉刚(著名历史学家、民俗学家)先生的推荐,他再次看到这本书,惊喜之余,给予这本书极高的评价,称它具有"眩人的力",认为它有"传播得更久更远的价值",并亲自点校,将之重新印刷出版,又为它编写了一份年表。

林语堂,近代著名作家、学者、翻译家、教育家,曾两次获得诺贝尔文学奖提名,可以说是第一位将中华传统文化之博大精深、优美丰富介绍给世界的人。

他读到此书时，所受的感动又不一样，深深地为女主角所打动，认为芸是"中国文学史上一个最可爱的女人"。并用自己优美的译笔，将这份美好、可爱与感动传递出去。1935年，林语堂先生将此书翻译为英文，先是在英文期刊上连载，又于1939年结集出版，更在1942年由纽约现代书局出版，从此，这本书，以及书中的故事，在更广的范围内获得了更持久的影响力与生命力。

直至今日。

这本书，就是《浮生六记》。

到今天，距离沈复动笔写作的时候，已经过去两百五十多年了。两百多年的时间，可以改变很多事情，让世界变得面目全非。

但与此同时，有些东西又是不会被时间改变的，尤其是人，即使隔着两百多年，只要你愿意，仍能真切地感受到他们所感受的一切，懂得他们的生活、选择和心情。

正如一位考古学者曾经说过：一千年前的人，你们以为他们为什么而哭，又为什么而笑呢？——那个理由，和今天的你是一样的。

在我们阅读和讲述那些老故事的时候，一定要记住这一点，不管隔着多么久远的时光，一千年还是两百年，故事里的人，和今天的我们，是一样的。

现在，就请你和我一起，走进这本书，走进两百五十多年前那个人的生命之中。

下篇 浮生

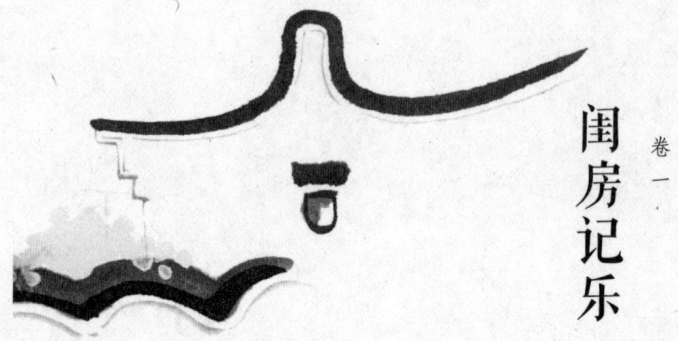

卷一 闺房记乐

我生于乾隆二十八年（1763年）的冬天，十一月二十二日。

那时天下承平，国家安泰。我生于读书人家，家在苏州城沧浪亭畔，上天待我何等厚爱。

回想这一生，真如东坡先生所说"事如春梦了无痕"，如果不将之记下来，未免辜负了天赋幸运。

而我总觉得，《诗三百》以《关雎》为开篇，这是将世间夫妇之爱放在卷首。那么我何妨也将之放在最开始，余下的再慢慢道来。只是惭愧自己年少失学，文字粗浅，所写所记，皆是真情实事而已。如果一定要挑剔其中的文法错漏，那就是对着待磨的铜镜，却希冀它明察秋毫。

◎ 沧浪亭

自五代十国起,沧浪亭就是贵族豪门、重臣名士在苏州卜居建园的首选,并留下众多诗文,尤以苏舜钦《沧浪亭记》脍炙人口。至清代,几经变迁,成为一个公共园林。简而言之,这里是苏州著名景观区,也可以算是高级住宅区,所以这里说"居苏州沧浪亭畔"是"上天厚爱"。

◎ 事如春梦了无痕

见于苏轼《正月二十日与潘郭二生出郊寻春忽记去年是日同至女王城作诗乃和前韵》——

东风未肯入东门,走马还寻去岁村。

人似秋鸿来有信,事如春梦了无痕。

江城白酒三杯酽,野老苍颜一笑温。

已约年年为此会,故人不用赋招魂。

◎ 《关雎》

《诗经》开篇,《周南·关雎》——

关关雎鸠,在河之洲。窈窕淑女,君子好逑。

参差荇菜,左右流之。窈窕淑女,寤寐求之。

求之不得,寤寐思服。悠哉悠哉,辗转反侧。

参差荇菜，左右采之。窈窕淑女，琴瑟友之。

参差荇菜，左右芼之。窈窕淑女，钟鼓乐之。

——这首诗曾经被后世儒者解读为明君行教化天下之风，但是更多的读者还是愿意还它以本来面目，即男女两情相悦，结燕婉之好。

小时候我与金沙于家的女儿有过婚约，那女孩子八岁夭折。后来娶妻陈氏，名芸，字淑珍，她的父亲陈心馀是我舅舅，舅母金氏，还有一个表弟名为克昌。

芸天性聪慧，牙牙学语时，其父教她《琵琶行》，一学便能背诵。她四岁时父亲去世，弱母幼弟，家徒四壁。所幸芸女红针线十分出色，到她年纪稍长，一家三口的生计便着落在她针指间的辛劳，不仅家人衣食周全，还能供克昌读书。

有一天，她在克昌的书箱里翻到《琵琶行》，回想儿时背诵的内容，逐字辨识，学会了识字。刺绣的闲暇她自学不辍，渐渐通晓诗词，曾写过"秋侵人影瘦，霜染菊花肥"这样清丽的诗句。

十三岁时，母亲带我回娘家小住。芸比我大十个月，我一直把她叫作"淑姐姐"。我们两小无猜，她悄悄给我看自己的诗句。我感叹她才思清雅灵秀，却也暗暗担心，如此的聪慧敏感，恐怕不是福泽深厚之相。

尽管如此，我已倾心于芸，不能释怀。私下对母亲说："我若娶妻,一定要娶淑姐姐。"

母亲也喜欢她的温柔和顺,便取下金指环相赠,作为信物,与陈家订下婚约。

那一天是乾隆四十年(1775年)七月十六日,我与芸订婚。

这一年冬天,芸的堂姐出嫁,我又跟着母亲前去观礼。族中姐妹都来送嫁,满室新裁衣裳的鲜亮颜色,唯有芸衣着淡雅,只一双鞋是新的。我偷看她的新鞋,只见刺绣精巧美丽,悄悄问她,她说是自己做的,这才知道芸的聪慧敏捷,不止在诗词。

这时的芸清秀瘦弱,窄窄的肩,脖颈修长,弯弯的眉毛,眼睛灵秀俏丽,顾盼间神韵动人。唯是上唇略短,微露出两颗牙齿,虽然这似乎不是有福之相,但别有一种妩媚娇柔之感,让人怦然心动。

央她再给我看她的诗稿,发现多是未能成篇的残句,或是一联,或是三四行。问她为何,她笑着说:"自己随手写的,也没人指点,留待懂诗的知己教我,一起推敲完成。"

我开玩笑地把她的诗稿题作"锦囊佳句",却不知这一个玩笑,已经预示了芸日后的命运。

◎ 锦囊佳句

此处用唐代诗人李贺故事。李贺少年时出游,常有一仆僮背着锦囊跟随。每有诗兴,他就把所得诗句记下来,投入锦囊中,称为"锦囊佳句"。据说其祖母见到这锦囊,感叹道:"这孩子写诗是要把心呕出来啊。"而李贺果然早夭。所以沈复题"锦囊佳句",虽然贴切,却非佳兆。

这一夜,和兄弟们到城外送亲,回来时已过半夜,我觉得饿了,仆妇呈上蜜枣,正嫌太甜,芸出来,悄悄拽我的袖子。我心领神会,跟她回房,原来她在房中藏着粥和几样小菜,还是热的。

刚拿起筷子,就听见芸的堂兄玉衡喊着她的名字过来了,芸赶紧去关房门,一边说:"我累了,要睡了。"却还是晚了一步,被玉衡挤进房来。

玉衡见我吃粥,就促狭地对芸说:"方才向淑妹妹要粥,告诉我没有了,原来藏在这儿留给我们的小女婿啊。"众人大笑。芸窘得不行,赶紧躲开。我也没顾上吃粥,有点赌气地叫上一个老仆人连夜回家了。

这次吃粥被取笑之后,再去外祖家,芸就躲着我了。

直到乾隆四十五年(1780年)正月二十二日,我们成婚,我才在花烛之下再次见到芸,仍然娇柔瘦弱。揭开头巾的那一刻,我们相视而笑。

喝过交杯酒,我们并坐用晚餐,我悄悄握住她的手腕,纤柔滑润、温暖细腻,一时心跳不止,怦怦声如在耳畔。

芸吃得少,说是持斋,正逢吃素的日子。算了一下她开始持斋的时候,恰是我出水痘时,便笑着说:"现在我什么毛病都没落下,光洁如初,淑姐姐可以放心开戒了吗?"

芸没有回答,只是笑着瞟了我一眼,微微点头。

我们成婚的日子很特别,两天后是我姐姐的嫁期,应该提前一天宴客送嫁,但恰好正月二十三日是国忌之日,禁止宴饮作乐。所以我们家赶在二十二日为姐姐送嫁。

芸才揭了盖头,就作为我的妻子出洞房与女眷作陪,留下我在洞房里陪送嫁的伴娘划拳饮酒,输得一塌糊涂,醉得一塌糊涂,醒来时已是第二日清晨,芸正在身边对镜整妆。

这一天上灯前不能开宴,但亲友络绎不绝,仍然没有机会与芸独处。

过了子夜,我们兄弟为姐姐送嫁,一个时辰后才回,家中众人都已安歇,残灯将灭。悄悄回到卧室,只见随嫁的仆妇正在打

盹，芸已卸妆，正在看书，明亮的烛光照着她低垂的粉颈。我好奇她看什么书如此出神，于是上前揽住她的肩，说："连日辛苦，淑姐姐干吗还在这儿孜孜不倦地攻读呢？"

芸连忙起身，说："方才正要躺下，开柜看到这本书，不觉就看下去了。早就听说《西厢记》，今天才看到，真不愧是才子书啊，只是觉得有些句子未免太刻薄了些。"

我笑着说："不是才子还刻薄不起来呢。"

这时仆妇醒来，催我们躺下。我打发她出去，关好门，这才挨着芸坐下，相与调笑，仿佛最亲密的友人重逢一般。轻抚她的胸口，感觉到她的心跳，和我一样怦怦作响，于是在她耳畔轻声说："姐姐这是怎么了？心跳得这么厉害？"芸回眸斜睨，微微一笑，我只觉一缕情丝萦绕，摇荡魂魄，拥她入怀，放下床帐，这一夜不知今夕何夕，更不知东方既白。

◎ 国忌

这里的"国忌"是乾隆生母孝圣宪皇后（崇庆皇太后）的忌日，太后于三年前（乾隆四十二年，即1777年）正月二十三日去世。

◎ 西厢记、才子书

《西厢记》，元代王实甫所撰传奇剧本，全名是《崔莺莺待月西厢记》。值得注意的是，这一部《西厢记》又被称为"北西厢"，与之相对的"南西厢"，是指明代文人们改编的南曲，也就是昆曲

《西厢记》剧本,其中最有名的是李日华的改写本,但是完全无法与原著相比。

因为《西厢记》写情大胆热烈,所以常常被视为"淫词艳曲",一般人家是不许孩子,尤其不许女儿读的。但是架不住孩子们口耳相传,所以估计是没有不知道的。更有大胆的私下传阅或收藏(我们的男主角沈复估计就是这么个"大胆的"),于是我们在古典书籍中,也就一而再再而三地遇到男女主角读《西厢》的情节。

至于沈复和芸所说的"才子书",是指金圣叹曾将《西厢记》列为"古今天下六大才子书"之一。其余"五大"分别是《庄子》《离骚》《史记》《杜工部集》《水浒传》。

感叹一下,金圣叹选才子书真是十分奇特,看似极无理,风马牛不相及,但又确实是才气纵横、不可不读的著作,姑且视为金圣叹列的一份古代文学的"入门书单"吧。

有所感

我们的男主角沈复,此时看来,还是个不识愁滋味的略有些骄纵的少年,性情跳脱,与芸的稳重温柔形成对比。

然而有一点让我觉得特别感动,写到芸,写到与芸相处,他于美色欢娱只是点到即止,却反复赞美芸的聪慧、才华与好学,字里行间流露出尊重欣赏。尤其是新婚之夜,"恍同密友重逢"一句,懂得将所爱之人视为最好的朋友——真是难能可贵。

　　的确，直至今天，仍然不是所有人都懂得这个道理："只有能够做最好的朋友，才能做最好的爱人。"眷恋缱绻之情固然珍贵甜美，但如若没有更坚实的支撑，往往难以持久。而"更坚实的支撑"，不仅在夫妇之道、在一切人与人的相处中，都是来自愉悦的交流、相通的兴致趣味、尊重欣赏之情，以及由此而来的彼此陪伴的快乐之感，再不断强化而形成习惯与依赖——这样的羁绊，才是牢不可破的。

　　其实我们的古人，早就懂得这个道理，诗经中便有"燕尔新婚，如兄如弟"的句子。夫妇之道，固然有"不足为外人道"的特别之处，但天长日久的相处，却不可过于倚恃这份"特别"。以知己好友、挚爱亲朋的相处之道，经营夫妇或情侣关系，才是正解。最好的爱人，亦是知己手足。

　　这一点，沈复和芸做到了。

　　还有一个小细节让人赞赏，新婚之夜，沈复为姐姐送亲，归来时已是深夜，家人都安睡，唯有芸在灯下等他。——这样的情形其实常见，难得的是芸并非灯下枯坐苦等，而是自得其乐地翻看《西厢记》，沈复回来，两人还开心地讨论了一下。

　　真的，这样的芸，怎能不让人爱重，正如今天我们常说的一句话，一个人只有懂得快乐地独处，才能快乐地与人相处。夫妇之道，固然至亲密，但懂得自得其乐的独处，却为这份亲密更增加了美好。

芸嫁做新娘，起初言语极少，终日神色平和，与她说话，常以微笑作答。对父母长辈尊敬爱重，待晚辈温柔和气，家事料理得井井有条，没有一点疏漏。

每当晨光熹微，她就连忙披衣起床，仿佛有人催促一般。我就笑着说："这会儿不是在姐姐房中吃粥的情形了，怎么还这么怕人笑话呢。"

芸说："那时为夫君藏一碗粥，被人念叨了好久。这会儿却不怕人嘲笑了，只是不想父母说你娶了个懒媳妇儿。"

我虽然贪恋与芸的床笫之欢，却也感念她顾及父母家人的想法，于是也和她一起早起。自那以后，我们形影不离，耳鬓厮磨，亲密爱恋之情无法诉诸文字形容。

然而快乐的时光总是匆匆易过，转眼我们成婚满一个月了。

那时候，父亲在会稽知府处任职，特意让人接我到南京，拜在赵省斋先生门下学习。先生不嫌我愚笨，循循善诱，如今我还能写点东西，都是先生教导有方。

回家成婚之际，我曾与先生约定，婚后继续到他门下学习。因此接到催促时，心中惆怅不舍，又担心芸未能控制情绪，在人前落泪。谁知却是她强颜欢笑，劝我启程，并为我整理行装，只是临行前夜，她的神色略有些不同往日而已。

及至告别，芸悄声耳语："离家后没有人照顾，夫君要小心。"

登舟远行，正是桃李争妍、繁花似锦的时节，而我只觉得仿佛离群之鸟,形单影只,天地失色。

来到南京,我重回赵先生门下,父亲就渡江东去,回了会稽府。

在南京三个月,我只觉得时光漫长缓慢,仿佛过去了十年之久。芸虽时时来信,但总不如我去信殷勤。她的信中也只是劝勉向学,或略述家事,再没有私密缠绵之语。我心中牵挂,怏怏不乐,每当风拂过院子里的几竿疏竹,或是月光透过窗棂,就触景生情,心心念念皆是家中那个人,不觉魂梦颠倒,神思不属。

赵先生看我如此情形,便写信给父亲,放我暂时回家,先完成他拟的十道科举试题。我就像是长年发配边关之人,忽然遇赦返乡,急急登舟而归,归心似箭,途中只觉得一刻如年。

回到家中,先向母亲问安,然后回房。芸迎上来,我们执手相看,一言不发,只觉得周遭万物不复存在,我俩的魂魄也化作烟雾缠绕飘散,仿佛钧天仙乐响彻耳畔,更不知此身为何,身在何方。

这时已经是六月天气,室内炎热,所幸我们的住处在沧浪亭爱莲居隔壁,板桥边临水的一处小轩,轩名"我取",取"清斯濯缨,浊斯濯足"意也。檐前有一棵老树,浓密的树荫遮蔽门窗,绿意映人肌肤。隔岸游人往来不绝,此处却清静荫凉。——这是父亲平素招待客人的地方。

禀过母亲,我便带着芸来此消夏。天气炎热,芸不再做针线活儿，终日与我厮守，花间月下品读诗书，纵论古今。芸酒量浅，勉强能陪我三杯，又教她行酒令，射覆作戏。只觉得人世至乐不过如此，我已别无他求。

◎ 清斯濯缨，浊斯濯足

出自《孟子·离娄上》：有一个小朋友唱"沧浪之水清兮，可以濯我缨；沧浪之水浊兮，可以濯我足"，孔子听见了，就对学生们说："小子听之：清斯濯缨，浊斯濯足矣。自取之也。"

轩名"我取"，就是用"自取之也"的意思，是清是浊，在于自我选择。

◎ 射覆

射覆是一种古老的游戏，"射"的意思是"猜度"，"覆"的意思是"覆盖"。所以简单地说，射覆就是"你猜我藏了个啥"的游戏。

最早是考验人们对《周易》的掌握程度，玩家要起卦算出所藏之物。据说唐朝考钦天监的公务员还有这么一个环节。

后来演变为日常酒桌上的游戏，玩家不再是生猜硬测，而是根据出题人的文字提示来猜，当然，这种文字提示就是比谁的脑洞更大更清奇了。

有所感

继续说我们的男主角沈复。

说起来,他恐怕是不大有资格做"男主角"的。虽然家境小康,但他既不曾积极规划未来,也没有丝毫将来要支撑门庭的自觉;没看出读书有什么上心的地方,也不知道向精明能干的父亲多多学习。感觉他很甘于过小情小调的小日子,和老婆卿卿我我,儿女情长。

虽然此时他也只是一个十八岁的少年,我们似乎不应对他过多苛责,但历史上有的是小小年纪便十分出色的少年才子或英雄,小说剧本里这样的角色更是常见。相形之下,我们的男主角似乎是有那么点"没出息",只不过比较温柔体贴又有生活情趣而已。

但是,这样又有什么不好呢?

为什么一定要把人生过成小说或者剧本?谁又规定了做人就一定要志存高远、胸怀天下?我们中的绝大多数人都很平凡,生来平凡,并将终身平凡。——而这也是大多数,或早或晚,都会知道、懂得、接受进而安于此的一个事实。

但这又有什么关系呢?"平凡"并不是"精彩"的反义词,二者可以共存于生命之中——每个人的生命之中。

无论看上去多么平凡的人生,接受它,安于它,坚守它,并乐在其中,这同样需要极为宽厚通透的天性,以及坚强和勇气。在平凡的人生中发现美,发现快乐,懂得欣赏,懂得感恩,每一刻有每一刻的美好,每种人生有每种人生的乐趣。

有些人终其一生汲汲营营,也不能懂得这个道理,我们的男主角在十八岁的时候,就如此豁达而乐天,就能领略到"人间之乐,无过于此矣",这是多么难得的性情和心态!更难得的是,他还找到了同样懂得享受平凡人生中简单乐趣的伴侣,这怎么不是神仙眷属,怎么不让我们这些后世的读者,读来微笑着羡慕啊!

有一天,芸问道:"世间文章如此之多,应该学哪一家啊?"

我说:"《战国策》和《庄子》的文字取其灵动痛快,匡衡、刘向的文章取其典雅稳健,司马迁、班固的史书取其广博宏大,韩愈取其雄浑,柳宗元取其峭拔,欧阳修取其跌宕,三苏父子取其才辩。其他如贾谊和董仲舒的奏疏策对之作,庾信、徐陵的骈体辞赋,陆贽的言事奏议之文……都有值得借鉴之处,难以一一尽举,全看个人的悟性,能否领会其妙处。"

芸叹息道:"古人文章,胜在见识高远、气象雄健,女子恐怕难以学得其精髓,唯有作诗这事儿,我觉得自己还算稍有所得。"

"作诗也不是小道,唐代科举还以诗取士呢。"我说,"若论作诗,必推李白、杜甫为宗师,不知淑姐姐想拜入哪家门下呢?"

芸便大发议论:"杜诗千锤百炼、精练深邃,李诗潇洒自在、落拓不羁,与其学杜诗的气象森严,不如学李诗的活泼洒脱。"

"杜工部一向被认为是诗人中的集大成者,学诗的人多半都从他学起,我家夫人独独取中了李青莲,这是为何啊?"我忍不住问道。

芸说:"确实老杜的诗格律更严谨,遣词造句老练而无可挑剔,但我读李诗,仿佛看到了传说中的姑射仙子,有一种落花自在随流水的天然趣味,实在打动人心。我并不是说杜甫不如李白,只是私心更偏爱李诗,对学杜诗真的兴趣不大。"

我笑起来:"想不到我家陈淑珍竟然是李青莲的知己啊。"

芸也笑了:"我还有个启蒙恩师白乐天先生呢,时时心怀感激,不敢忘恩。"

我不解:"这又怎么说?"

"要不是他一首《琵琶行》,我哪里识字去。"芸解释道。

我不禁大笑:"这可真是巧了!李太白是知己,白乐天是启蒙恩师,我的字恰好是'三白',又是卿卿的夫君,卿卿和'白'这个字儿怎么这么有缘分!"

芸笑着接口道:"白字有缘,就怕将来白字连篇。"

我俩相对大笑。

我又说:"卿卿既然这么懂诗,对辞赋的优劣想必也有见解。"

芸说:"我知道《楚辞》是辞赋的源头,但学识有限,还不能欣赏它的妙处。若论两汉魏晋诸辞赋家,气象之高华,语句之锤炼,我还是觉得司马相如最好。"

我忍不住和她开玩笑:"当年卓文君倾心于司马相如,没准并非被他的琴声打动,而是和卿卿一样,折服于他的文采。"

说着,我和芸又一起大笑起来。

◎ 姑射仙子

《庄子·逍遥游》中曾写过"藐姑射之山,有神人居焉,肌肤若冰雪,绰约若处子",所以后人便以"姑射仙子"代指冰肌玉骨、风采卓绝的美人。

◎ 卿卿

古代夫妻间的爱称，语出《世说新语》。"竹林七贤"之一的名士王戎，他妻子常常把他称为"卿"，王戎说，把老公叫作"卿"不合礼数。王妻便说："亲卿爱卿，是以卿卿；我不卿卿，谁当卿卿。"于是两人一辈子就这么卿卿我我下去了。

后世便用"卿卿"作为夫妇间亲昵的称谓，如林觉民《与妻书》的第一句"意映卿卿如晤"。原文中沈复将芸称作"卿"，这里译作"卿卿"，以显示其亲密爱重。

有所感

沈复写《浮生六记》时，距离他和芸新婚燕尔，已经过去了快三十年，但他写下这一段的时候，却真的是字字句句记忆犹新，可见这段对话给他留下了多么深的印象。

但全文中他与芸最长、也是记忆最深刻的这段对话，却并不是海誓山盟或轻怜蜜爱的情话，而是像朋友甚至同窗一样讨论诗词文赋，评点古今才子。而且值得注意的是，在此之前，他把芸叫作"姊"，而从这里开始，他把芸叫作"卿"了。感觉两个人走过了青梅竹马两情相悦的阶段，得到了彼此精神上的相知与共鸣，真正成为"Soulmate"（心灵伴侣）。

两个人相处最好的状态，不仅是爱人，也是朋友，是知己；

不仅在情感与欲望需求上彼此契合,在品味、审美、爱好和精神追求上同样彼此理解、彼此欣赏。

还有一个有趣的地方,其实以芸内敛的性子,应该和老杜更契合一些,但她就是喜欢洒脱不羁的李白,也许是因为她所爱并托付终身的那个人,骨子里更像李白一些。

我性子直率,不拘小节,而芸有时像个老夫子,拘谨多礼。偶尔为她披衣整装,她会连声说"得罪得罪",递给她什么东西,一定会起身接过去。

起初我很不耐烦,说:"卿卿和我还这么客气,真让人不自在。岂不闻俗话说'礼多必诈'。"

芸听我这么说,双颊涨红:"我只听说'恭而有礼',怎么反而被说成是'诈'呢?"

我说:"恭敬在心,不在这样的'虚礼'。"

芸反驳道:"至亲莫过父母,那么我们对父母可以只'恭敬在心',而放诞无礼地对待吗?"

见她急了,我赶紧说:"卿卿说得对,之前那些话是我开玩笑。"

芸说:"这世上的争端反目,好些在开始的时候都是'玩笑',夫君以后可不要再用这样的'玩笑'来冤枉我,我会伤心死的。"

我忙把她揽入怀中,百般抚慰,她才展颜释怀。

自此之后,"岂敢""得罪"这样的客套话,竟成为我们夫妻间的"语气助词"了。

◎ 恭而有礼

语出《论语·颜渊》:"君子敬而无失,与人恭而有礼,四海之内,皆兄弟也。"——没错,和大名鼎鼎的"四海之内皆兄弟"出自同一句话。

有所感

小两口闹了个小别扭。

夫妇之间,哪有不闹别扭的,但是闹别扭之后如何解决,才见真章。

其实这场别扭,是两人不同的性格和习惯的冲突,再亲密默契的爱侣,性情也不可能完全相同——甚至往往是性情上的不同才是吸引彼此之处,性情完全相同的两个人反而无法相处。

但既然有不同,就难免有摩擦,更何况新婚之际,生活习惯上需要磨合的地方想必也很多。

好在我们的男女主角对矛盾的处理,有着超出年龄的成熟理性。尤其是一向柔顺的芸,在沈复想用"玩笑"来弥合冲突的时候,明确地告诉他自己的底线在哪里,哪些东西不要拿来开玩笑。而一向大大咧咧不拘礼数的沈复,也立刻明白了芸的底线,不仅当时放低身段,百般抚慰,之后也尊重和接受芸的态度,把她挂在嘴边的"礼貌用语",变成了夫妻间常规的表达方式。

不仅夫妻之间,人和人相处都应如此,再亲昵的关系,再亲密的时刻，如果对方触及了你的底线，那么一定要及时地、明确地指出来，这是构筑彼此长期亲密默契相处必须要做的"功课"。而只有知道彼此的底线，并发自内心地接纳和尊重，才能天长地久地亲昵下去。

与此同时，所谓"礼数"，其实是人和人之间相处的分寸感，在这方面，芸确实比沈复更敏锐通透。——也许这是女性天生的情商优势。

有句老话，我是从马未都先生那里听来的，是说"生人要熟，熟人要亲，亲人要生"。这话真是说得太好了。

"生人要熟，熟人要亲"大家都懂，但"亲人要生"却是道出了常人所不能道。这里的"生"，并不是说要和亲人"生疏""生分"，而是芸所说的要有礼数，越是亲近的人，礼数上越要时时注意。

因为人的天性往往是对陌生人客客气气，对亲近的人却不拘礼；但人心都是喜欢被尊重和重视，不愿意被轻视疏忽的。而尊重与重视的表现，就应该是"有礼"。正如大家都知道，"爱就要说出来"，同样，尊重与重视，也应该表现在言辞上，这种对"亲密"和"有礼"的平衡把握，才最考验一个人的教养和情商。

具体该如何把握，如何平衡，很难给出标准界定，但有一个可以遵循的原则，那就是"推己及人"：你不愿意被他人怎样对待，就不要怎样对待他人；反过来你怎样对待他人，就要能容忍被他人同样对待。这个"他人"，不仅仅是陌生人，更是熟悉的人甚至亲密的人乃至亲人。人和人之间美好的相处模式，都是这样建立起来的。

其实从这个意义上来看,沈复也并没有错得多么厉害,他是一个率性而为熟不拘礼的人,估计平时对芸也很随意,因此希望芸也能随意地对待他。——当然,他处理的方式比较粗线条,说话不太注意。

但随后沈复就意识到芸和自己并不一样,在"礼"这个原则问题上,芸很较真。芸尊重他,对他"客气",也要求他起码要尊重自己的这种尊重。

当沈复明白了这一点之后,不仅给予芸足够的尊重,而且也出于对芸的爱,调整了自己和她相处的模式,也把"岂敢""得罪"这样的礼貌用语挂在嘴边了。——这就太难能可贵了,如今多少成年男子,在这方面,真的要向这个十八岁的少年好好学学。

之后我和芸举案齐眉、相知相守了二十三年,时间越久而感情越亲密。即使在家中,若是未相约而无意间暗室相逢,或窄道邂逅,必定双手交握,悄声问一句"这是去哪儿啊?"尽管做了多年夫妻,这时仍然心跳牵挂,仿佛怕被旁人撞见的小儿女一般。

日常相处,我俩极为亲昵,出入起坐,总是同行并肩。起初还避着旁人,时间一长,这种亲昵成为习惯,纵然有旁人时也不以为意。有时芸与其他人坐在一起聊天,见我过去,便一定会起身挪开,好让我过去和她坐在一起。最开始我俩还有点不好意思,时间久了就不知不觉、自然而然,就是这么亲昵,这么默契。

所以我总是奇怪那些渐渐形同陌路,甚至相视如寇仇的老年夫妇,是怎么把日子过成那种样子的?有人说:"不是形同陌路,如何白头到老。"回头看时,觉得这话也许不无道理。

那一年的七夕之夜,芸摆好香烛瓜果,和我一起在我取轩中拜天孙。我刻了两方图章,都是一句"愿生生世世为夫妇"。我拿着朱文的那一方,把白文的一方给了芸,约定作为我们夫妻书信往来的印记。

那晚月色很美,月光落在我取轩旁的水流中,波光闪烁如华美的白练。芸摇着轻罗小扇,与我并坐在临水的窗边,仰看薄云飞掠过夜空,变幻万千。

芸说:"宇宙之大,同此明月,不知此时此刻这人世间,是不是还有人如我俩一样。"

我说:"纳凉赏月的人,应该到处都是;若说此种云霞变幻之美,想来深闺绣楼中也有兰心蕙质之人,也默默地感受到了。但世间夫妻,纵然如你我一般看到同样的景色,所感受和谈论的也一定不是宇宙之大、云霞变幻之美这种话题。"

说话间，烛火燃尽，明月微沉，我们收拾残席，而后回房休息。

◎ 天孙
天孙即是织女，因有传说她为天帝的孙女，故称"天孙"。

◎ 朱文
印章盖出来白底红字为"朱文"，亦称"阳刻"；下文中的"白文"即是"红底白字"，也称"阴刻"。因此夫妇同持的"鸳鸯印"，一般是丈夫持朱文，妻子持白文。

随后就到了七月半，民俗所谓"鬼节"。芸备下小宴，打算与我饮酒赏月。但那一夜却是阴云密布，芸闷闷地说："若能与夫君白头偕老，今夜满月当出。"我也觉得有些无趣，只见水流对岸的垂柳与蓼丛中，万点萤光飞舞，明灭闪烁。

闲坐间便与芸联句遣怀，头两联还算正经，后面越来越放飞，信口胡诌，想入非非，芸笑得又咳又喘，涕泪横流，倒在我怀中，话都说不出来。

我轻轻拍着她的背，闻着她鬓边簪的茉莉花浓郁的香气，不再逗笑，却说："总觉得古人选用茉莉花压鬓助妆，是取其颜色形状像珍珠一样。却不知茉莉因此沾染了多少脂粉香膏，所以才会有这么浓郁可爱的香气。供香的佛手和它相比，根本就没什么味道了。"

芸这才止住笑:"佛手的香气,是君子之香;茉莉的香气,是小人之香。所以茉莉必须要借脂粉香膏之势,香气虽浓,却透着谄媚呢。"

我便正色道:"那卿卿为何远君子而近小人?"

芸又笑起来:"因为我笑的是君子,爱的是小人呀。"

聊天调笑间,不觉已过半夜,夜风渐起,扫开漫天乌云,一轮明月涌出。我俩大喜,挪至窗边对饮,酒未及三杯,忽然听到板桥下一声水响,仿佛有人掉了下去,探头看时,却只见波平如镜,月明如洗,什么都没有,只听见河滩上仿佛有水鸭奔过的声音。

我知道沧浪亭畔从来都有水鬼,芸素来胆小,我就什么也不说。芸却说:"呀!这声音到底是从哪儿来的呀?"一时间我们都觉得寒意瘆人,连忙关上窗,带着酒回了里屋。屋中一灯如豆,罗帐低垂,杯弓蛇影间,我俩都有些胆战心惊。赶紧剔亮灯光,上床安歇,芸已经有些发烧,随后重病一场,我也跟着病倒了。

这一病,二十多天才好,真是乐极生悲。回想起来,也许从那时开始,就预示了我俩到底不能白头偕老。

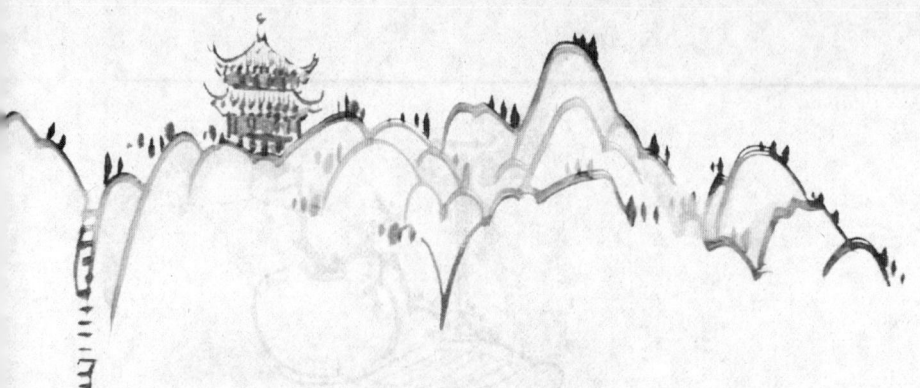

我病好时已近中秋,想到芸嫁过来半年,还没去旁边的沧浪亭一游。便在中秋之日,让家中老仆和沧浪亭的看门人约好,这夜不要放闲杂人等进来游玩。傍晚时分,我带着芸和家中小妹,还有一个仆妇、一个小丫鬟,由老仆引路,游沧浪亭。

过了我取轩旁的石桥,就是沧浪亭的园门。进门后往东,曲径通幽,假山上林木葱茏,沧浪亭就在山顶。拾级而上来到亭中,举目远眺,周围数里的景致悉收眼底,只见炊烟四起,晚霞灿烂。

与沧浪亭隔岸相望的是一处名为"近山林"的景观,州府官员往来应酬,常常在这里设宴。当时正谊书院还没办起来。

我们带了一条毯子,铺在亭中,席地围坐,守门人送来茶水。不一会儿,一轮明月升上林梢,夜风渐起,吹拂衣袖,月光照亮水面,不染纤尘,顿时觉得世间的烦扰忧虑,都随之消散。芸叹道:"今日之游真是快乐!若是能驾一叶扁舟,在亭下水上漂荡,那又该多么开心啊!"

这时夜色已深,华灯初上,想起一个月前七月半的半夜惊魂,众人相扶下山回家。

吴越一带的风俗,中秋之夜,不拘是大家小户的女眷,都相约出门游玩，叫作"走月亮"。而幽深雅致、清静疏阔的沧浪亭，反而没什么人来游玩。

◎ 正谊书院

苏州正谊书院于嘉庆十年（1805年）由当时的两江总督铁保、苏州巡抚汪志尹主持创办，院址在沧浪亭后的可园里，以对"西学"持较为开放的接纳态度而著名，曾由林则徐的得意门生，著名学者冯桂芬主持。

我父亲喜欢收义子，共有二十六人算是我的"异姓兄弟"。母亲也有九个义女，其中有两人和芸最要好，一人行二，称"王二姑"，一人行六，称"俞六姑"。王二娇憨，酒量很好；俞六性情豪爽，谈锋甚健。

她们每来家中，一定把我赶到外间独眠，三女同榻共卧。——这通常都是俞六的主意。我就和她开玩笑："将来等俞妹妹出嫁了，我一定要把妹夫接过来，留他和我住上个十天半月的。"

俞六说："好啊好啊，到时候我也来，十天半月都和嫂子睡一起，那可是大好事啊！"

芸和王二姑闻言，忍俊不禁，相视而笑。

之后弟弟启堂成亲,家里迁到饮马桥的仓米巷,屋子虽然宽敞了许多,但不再有沧浪亭畔的幽雅宁静了。

到母亲的生日,家里请了戏班子助兴,芸觉得很新奇。父亲一向洒脱,也不管什么忌讳,点的都是《惨别》之类的悲情戏。伶人年老,刻画人物入木三分,观者为之动情。

隔着帘子,我见芸忽然起身离开,很久都没有回到座上,便到内室看看怎么回事。只见芸在妆镜旁托腮独坐,就问她:"为什么不开心了呢?"

芸说:"看戏原本是为了娱情,但今天演的这一出,实在太让人伤感。"

俞六和王二也跟了过来,听她这样说,两人都笑了。我却知道,正因芸用情既深且真,才有这样的感慨。

听我这么一说,俞六劝道:"嫂子还是回座上吧,难不成要在这里独坐一天?"芸却说:"等剧情不那么悲伤时我再去。"王二闻此言,先回席间,请我母亲点了痛快又热闹的《刺梁》《后索》等剧目,芸被劝回席间,这才转悲为喜。

◎ 饮马桥、仓米巷

饮马桥是苏州第三横河上的一座拱桥,处于市中心的繁华地带,"仓米巷"至今犹存。这相当于作者一家从高档景观住宅区搬到了市中心的所谓"豪宅"里。

◎ 《惨别》

《雷峰塔》中的一出,今本已佚。

◎ 《刺梁》

《渔家乐》中的一出,内容是弱女子报仇后成功逃脱,并有丑角穿插,所以是比较欢快的剧目。

◎ 《后索》

《后寻亲》中的一出,应该也是大团圆的欢快内容。

我有一个堂伯父,名为素存,早夭,没有留下后人,父亲便让我承嗣为他的后人,每年为他扫墓祭奠。

家族的墓园在西跨塘福寿山,这位堂伯父也葬于此地,每年春天,我都要带着芸去扫墓。王二听说那里有一处名为"戈园"的胜景,便要与我们同去。

在墓园中,芸指给我看地上的小石块,有天然苔纹,斑驳可爱,说:"用这样的石块做假山盆景,比现在常用的宣州白石更有古意和风致。"

我说:"也不是每一块都合适,得仔细挑挑。"

王二便自告奋勇地问守坟人借了一只麻袋,说:"嫂子喜欢这石头,我来帮你捡。"

于是我们放慢脚步,一路捡石块,我说"好"的,王二就放进袋子里,我说"不行",她就扔掉。不一会儿,她就累得粉汗盈盈,拽着麻袋往回走,说:"再捡我就拎不动了。"

芸一边捡石块,一边笑着说:"我听说采山果的人,一定要借助小猴子的力气,看来真的是这样啊。"

王二愤然伸手挠芸呵痒,我赶紧拦住她,故意数落芸:"人家出力,你在一旁闲着,还这么说,可不就把王二妹妹给惹恼了吗。"

从墓园回城途中,我们又去戈园游玩,园中新绿葱茏,映衬着姹紫嫣红,满目芳华。王二性情娇憨,见花就折,芸便阻止她:"咱们又没带花瓶来养着它,也不打算戴在头上,干吗折这么多呢?"

王二不以为意:"花并不知痛痒,折了又怎样?"

我取笑道:"将来罚妹妹嫁个麻脸大胡子,为这些花儿报仇。"

王二气得把花摔到地上,又踢到水池中,瞪着我说:"这样说也太欺负人了!"

见她动怒,芸忙笑着把她拉过来,温柔劝解,这才作罢。

◎ 宣州白石

即有名的宣城石,清初,与昆山石、太湖石和英德石并称"四大奇石",尤以宣州雪石,即文中所说的"宣州白石"为佳。

芸初嫁时沉默少言,喜欢听我高谈阔论,引她说话,就像小时候用细草逗蟋蟀一样,渐渐的她也就自在地抒发感想了。

芸喜欢用茶泡饭,配芥菜卤、腐乳之类,还喜欢吃虾卤瓜。

虾卤瓜就是臭冬瓜，而腐乳也被叫作"臭豆腐"，我生平最恨这两样食物，于是笑话她道："听说狗吃屎只因没有胃，不知其恶臭；蝉团粪是为了化生羽翅而高飞。卿卿这么喜欢吃腐乳和卤瓜，该说你是狗呢还是蝉呢？"

芸还认真地解释："腐乳配粥下饭都好，又便宜，小时候吃惯了，嫁过来之后不愁生计，如蜣螂化蝉，但仍喜欢这个味儿，这是我不忘本。至于卤瓜之美味，却是到咱家才尝到的。"

我继续和她开玩笑："好啊，照你这么说，咱家岂非是狗窝了。"

芸这下尴尬了，只好和我"强词夺理"："味道强烈之物，何止这两样，有人喜欢，有人不喜欢而已。夫君喜欢食蒜，我不也努力配合吗？不敢勉强你品尝腐乳，但卤瓜总可以捏着鼻子一试，入口下咽，便知味道之美。此物就如传说中的无盐女，容貌虽丑，品德却高贵优美。"

我大笑："卿卿这是要让我也跟着做狗啊。"

芸也笑起来："妾身久已为狗，夫君何妨屈身一试呢？"

说着她挟起一筷子卤瓜硬塞进我嘴里，我捏着鼻子嚼了嚼，觉得似乎还挺爽脆鲜美的，放开手再细嚼，居然觉得味道颇好，从此也就爱上了这一味。

芸又独出心裁，用芝麻油和白糖拌腐乳，尝起来也很鲜美可口；又把卤瓜捣烂拌腐乳，把它叫作"双鲜酱"，味道特别而极鲜美。

我讶然："以前我何等讨厌这味道，现在却喜欢上了，真是奇怪。"

芸说："这就比如情之所钟，便不再计较皮相的美丑了。"

◎ 蛴螬化蝉

蝉的幼虫深藏地下，古人未见，便认为蝉是蛴螬所化。这一说法由来已久，东汉思想家王充的《论衡》中便说：蛴螬（蛴螬幼虫）化为复育（方出土之蝉），复育转为蝉。

◎ 无盐

战国时齐宣王的王后钟离春，出身无盐邑，故称"无盐女"。传说她貌极丑而品德高尚，心系国家，所以后世用"无盐"指代丑陋女子，尤指貌丑德美之人。

我的弟弟启堂娶的是王虚舟先生的孙女，下催妆礼时，家中不巧没有珠花。芸便取出当时给她的彩礼中的珠花，交给母亲。一旁的仆妇替她可惜，芸宽解道："妇人身体本属纯阴，珍珠也是纯阴之精凝结，用来做首饰，最损人阳气，有什么好可惜的呢？"

但与对待首饰的态度完全不同，芸极为珍惜残破的书画故纸，遇到残缺不全的书页，必定收集起来，分门别类，重新装订成册，名为"继简残编"；破损的画作也都小心收起，用旧纸张粘贴修补，缺失之处，就让我重新画好补上，再卷好收藏，名为"弃余集赏"。家务和针线之余，她就忙活这些，乐此不疲，一点不嫌琐碎麻烦。

有个老邻居冯妈妈，经常收集一些破烂字纸书卷来卖给我们，偶然从中翻出只字片纸，内容可观，芸就高兴得像找到奇珍异宝一样。

◎ 王虚舟

王澍，号虚舟，清代著名书画家、金石家。官至吏部员外郎。康熙时以善书，特命充五经篆文馆总裁官。著有《淳化阁帖考证》《古今法帖考》。

◎ 催妆

古代婚俗，婚礼前两三天，男方下催妆礼，包括凤冠、首饰、脂粉、妆镜等。所以这里写到需要珠花。

芸不仅与我喜好趣味相似，而且默契极深，眉毛一动，眼睛一闪，一个表情，一个动作，她就心领神会，处理妥帖。

我曾感叹："可惜卿卿是女子，只能雌伏。若能把卿卿化为男子，与我一起邀游天下，访名山大川，寻名胜古迹，该是何等的赏心快事啊！"

芸说："这有何难？等我老了，两鬓斑白，所谓男女大防就无所谓了。那时虽然不能与夫君远游五岳，但附近的虎丘、灵岩，南至西湖，北至平山，尽可以与君同游。"

我说："只怕到那时，咱俩都走不动咯。"

芸便笑道："若是今生不能与夫君畅游，来世也要了此心愿。"

我就说："来世愿卿卿为男儿身，我为女子相随。"

芸说："最好那时我们还能记得今生之事，该多么情趣盎然啊。"

我笑道："儿时的一碗粥，尚且说个不休。若到来世，犹记得今生之事，到新婚之夜，细数前生种种，恐怕要说上整夜，都没有时间合眼呢。"

芸心有所感，说："世人都说月下老人，执掌世间姻缘。今生已蒙他好意牵线，结为夫妇，来世想再续前缘，还得仰仗神力。我们何不请一幅月老的画像来祭拜呢。"

我有一个朋友，名戚遵，字柳堤，苕溪人，擅长画人物。就请他画了一幅月老，一手挽红线，一手拄杖，上面挂着姻缘簿，鹤发童颜，健步如飞，似烟似雾缭绕周遭。这幅画是戚君的得意之作。另一个朋友石君，名蕴玉，字执如，号琢堂，在画像上题词。

我和芸将这幅月下老人挂在内室，每到初一、十五，必定焚香礼拜，默默祈祷。后来家中多生变故，这幅画竟然遗失，也不知如今流落在谁家。古诗云"他生未卜此生休"，不知我和芸的一片痴情，能不能感动神明，为结来生之缘。

◎ 题词

指石琢堂《月下老人赞》，见于石琢堂《独学庐初稿》卷三——
氤氲使者，般若摩诃。云游碧落，雾隐丹阿。
蓝桥有径，银汉无波。邀灵月姊，愿结星娥。
向壁一升，赤绳千里。轶事可微，良缘非诡。
素月如珠，圆灵若水。迴雪轻飞，行云细起。
灵杖九节，仙衣六铢。高姿玉朗，瘦骨松癯。
鸳文合牒，凤诺分符。其情霭霭，其色愉愉。
岁在元辰，月维初吉。遴墨龙宾，徵绡鲛室。
真香降灵，明水浣笔。神光合离，生于兜率。

沈复的这位朋友很了得，他是乾隆五十五年（1790年）"万寿恩科"的状元，清朝第六十一位状元。

◎ 他生未卜此生休

见于李商隐《马嵬（其二）》——
海外徒闻更九州，他生未卜此生休。
空闻虎旅传宵柝，无复鸡人报晓筹。

此日六军同驻马,当时七夕笑牵牛。

如何四纪为天子,不及卢家有莫愁。

举家迁至仓米巷后,和芸住的卧楼,我题为"宾香阁","香"字取"芸香"之意,"宾"字则言我俩夫妇相得,相敬如宾。

可惜此处庭院狭窄,高墙阻隔,景致一无可取。后院有一座厢楼,是藏书之处,窗外对的是一处废弃的园林,只有满目荒凉。所以芸念念不忘沧浪亭畔曾经领略享受的风景。

有一个老妈妈偶然来家,她住在金母桥东边,埂巷往北,屋子周围都是菜园,篱笆门外有一亩大小的池塘,树荫花影在篱笆旁缤纷交错。老妈妈告诉我们,这块地原是元末张士诚据守苏州时王府的遗址,就在她家屋子西边几步远的地方,有瓦砾堆积的土山,登顶远眺,地广人稀,风光颇有野趣。

芸听了老妈妈的话,很是神往,对我说:"自从离开沧浪亭,魂萦梦牵,但也知道是回不去了。好不好我们'退而求其次',到老妈妈那儿住一住?"

我说:"这几天秋热难耐,正想找个清凉地界消暑,如果卿卿有意,那我先去老妈妈家看看,若是能住,我们就抱着被子过去住它一个月,怎样?"

芸为难道:"我担心母亲不许。"

我说:"等我向母亲请求。"

第二天我就前去探访,只见老妈妈的屋子只有两间,前后隔出四个小间,纸窗竹床,颇有雅致野趣。老妈妈得知我们想租住,很高兴地把卧室让了出来,四壁糊上白纸,屋子顿时改观。我就回家禀明母亲,带着芸住了过去。

这地方十分幽静，除了老妈妈家，就只有一对种菜的老夫妇为邻。他们得知我和芸过来避暑，就来拜访问候，池子里钓了鱼，园子里摘了菜，送给我们。想要给他们菜钱，坚决不要，芸便为老夫妇做鞋，以为答谢，他们谢了又谢，这才收下。

这时是七月天，屋外绿树成荫，水风拂面，蝉声不绝。邻老为我们做了鱼竿，我和芸在柳荫深处垂钓。到了日落时分登上土山，欣赏晚霞夕照的美景，随意联句吟诗，还记得有一联是"兽云吞落日，弓月弹流星"。

不一会儿，日沉月升，池塘中倒映着月影，四下里响起虫鸣。把竹榻搬到篱笆下，老妈妈做好饭，温了酒，我与芸在月光下对饮，直至微醺。沐浴之后，我们趿着凉鞋，摇着芭蕉扇，听邻老闲聊因果报应的故事。直至半夜才回屋入睡，只觉遍体清凉舒爽，简直不觉得身在繁华城市中。

又请邻老帮忙买来菊花，在篱笆下种满。到了九月，菊花盛开，和芸又来住了十天，这次连母亲也欣然来访，赏菊品蟹，玩了一整天。芸开心地说："将来我们就在这里搭间小屋，周围买十亩菜园，带着下人们种瓜果菜蔬，供日常家用。夫君画画儿，我做绣活儿，赚点钱作为诗酒游玩之资，布衣蔬食，自得其乐地过一辈子，也不必惦记着相伴远游了。"我深以为然。

可叹今日虽已能得此境地，但那曾与我相约厮守的知己已经离世，只余一声长叹。

◎ 厢楼

古代卜居,面南背北为正楼,面东背西或面西背东为厢楼。

◎ 金母桥、埂巷

地址在苏州城通关坊,后人考证即是今天的苏州公园。

距家半里地的醋库巷,有一座洞庭君祠,俗称"水仙庙",其间回廊曲折,有小园亭台。每年到传说中洞庭君的生日,周围各个家族分别认领一处亭台或隔间,挂起同样形制的玻璃灯,再铺设宝座,排列案几,布置瓶插,装饰鲜花摆件,互相较劲,看谁家布置得最别致华美。

这一天,白天不过是演戏娱乐,到了晚上,则点起蜡烛,高低参差在瓶花之间,烛光花影交相辉映,灯火辉煌,处处宝鼎熏香,花香与熏香浮动,仿佛龙宫夜宴一般,称为"花照"。还有笙箫歌舞表演,也有人相聚品茶清谈,游人如织,不得不在屋檐下临时设立栏杆以分隔众人。

有朋友邀请我去帮忙插花布置,得以一睹盛况。回来向芸绘声绘色地描述一番,芸很是向往:"可惜我不是男子,不能躬逢其盛。"

我兴致勃勃地说:"卿卿穿上我的衣裳,戴上我的帽子,不就'变女为男'了么。"说着就让她拆散发髻,梳起长辫,把眉毛稍稍画浓一点,戴上我的帽子,虽然微微露出鬓角,但也可以掩饰过去。又穿上我的衣裳,长了一寸多,就在腰间折起来缝上,再加一件马褂。

芸又为穿什么鞋烦恼,我说:"市面上有一种蝴蝶履,脚大脚小都可以穿,买来很方便,而且早起晚上可以当拖鞋穿,不是很好吗?"芸欣然,我便去为她买来一双。

这一天晚饭后,芸悄悄改装,然后学着男子的仪态,拱手行礼,大步走路,半晌忽然又改变主意:"我还是不去了,万一被人识破怎么办?再说让母亲知道可就麻烦了。"

我兴致勃勃地怂恿她说:"水仙庙里主事的那些人和我都熟,就算认出来,大家也就付之一笑而已。母亲这几天正好在九妹家,我们偷偷去悄悄回,她从哪儿能知道呢?"

芸听我这么一说,又看看镜子里自己的样子,也忍不住狂笑起来。我趁机挽着她,神不知鬼不觉、半劝半拖地带着她去了水仙庙。

那一夜我俩把水仙庙逛了个遍,遇到有人和我打招呼,问芸是何人,我就回答是表弟,芸则拱手为礼,竟然没有一人认出她是女子。

最后到一处,铺设的宝座后坐着几个年轻女子,有少妇也有小姑娘,是一个杨姓主事的家眷。芸一时忘情,上前和人搭话,身子一侧,不觉顺手按了一个少妇的肩头。

旁边的仆妇大怒,起身说:"哪里来的狂徒!如此胆大妄为!还有没有王法!"我正要上前劝解圆场,芸见势头不好,赶紧脱下帽子,又抬脚给人看,说:"我也是女子啊!"诸女愕然,接着都笑了起来,一时转怒为欢,她们就留芸共进茶点,又叫了一乘肩轿送芸回家。

◎ 蝴蝶履

从文中对这种鞋的描述来看,应该是一种拖鞋。但后文及其他笔记小说中写到"蝴蝶履",往往是风尘女子所穿,因此我疑心沈复原文里的"坊间"指的是曲巷勾栏的"坊间",就是风月场所。——咦?看来沈复很懂嘛,芸倒也不同他计较。

哈哈哈,看到这里,温柔腼腆的芸跟着沈复学"坏"了啊!——不过其实这才是芸的本性,在柔顺沉静的外表下,芸有着和沈复一样自由不拘的灵魂,所以她会说自己喜欢李白胜过杜甫,会说自己就爱沈复这个"小人",所以她和沈复才会如此默契,如此恩爱,并在沈复的呵护和引导下,渐渐释放出自己的本性,成为更可爱更好的自己。

是的,在一段好的关系之中,每个人都能做真正的自己,而"做真正的自己"的前提,是发现、认识和正视真正的自己,并知道这个"自己"会得到对方的赞许和鼓励。

有时会遇到不经事的小女生,读此书而为芸抱不平,觉得沈复有什么好,芸凭什么对他那么痴心那么纵容。

但事实上,沈复真的很好,他能看到芸贤惠的外表下自由恣肆的灵魂,并更爱那个灵魂,用自己的也许笨拙也许胡闹但非常真诚的方式,将那个灵魂释放出来。别说两百多年前的古人做到这一点有多么难得,即使如今,很多男性朋友也未必能做到呢。

不久,父亲来信,他的朋友吴江钱师竹先生病故,父亲命我前往吊唁。

芸悄悄说:"去吴江要经过太湖,想与夫君同去,开开眼界。

如何？"

我说："正发愁独行无聊，若能与卿卿同去，岂非大妙！只是用什么借口带上你呢？"

芸说："就说我回一趟娘家，夫君先上船，我随后便到。"

我大喜："太好了！回来时我们在万年桥下停舟小息，等到晚上与卿卿纳凉赏月，再续之前沧浪亭消暑时的闲情逸致、风流雅事。"

这时是乾隆四十六年（1781年）六月十八日，离我们在沧浪亭消夏的好时光恰恰一年。

这一天早上，天气凉爽，我带着一个仆人先到胥江渡口，登船等芸，芸果然随后坐着肩轿来了。

解缆开船，出虎啸桥，渐渐行入太湖，只见水天一色，波澜壮阔，风帆点点，沙鸥翔集。芸感叹："这就是人们说的太湖吗？今天我才算领略到了天地之大美。想想多少闺中人一生困于方寸间，不能见到这等景致，我真觉得不虚此生啊。"闲聊之中，船已到吴江，岸上弱柳扶风。

上岸拜祭钱先生之后，我回到船上，只见空无一人。急忙询问船夫，船夫指着不远处说："先生难道没看见，长桥柳荫之下，看鱼鹰捕鱼的，正是夫人。"原来芸和船夫的女儿一起上岸了。

我便悄悄绕到她身后，只见她粉汗盈盈，正靠着那船家女看得出神。就拍了拍她的肩膀，说："看什么呢？衣裳都汗透了。"

芸回头笑道:"我怕钱家有人送夫君回来,所以想着上岸先躲一躲,没想到你回来得这么快。"

我也笑了:"要捉从船上逃走的人,可不得快点回吗?"

我俩笑着挽手回到船上,返程泊在万年桥下。这时太阳还未落山,把船上的窗户都打开,清风缓缓吹来,芸披着罗衫,轻摇团扇,吃瓜去暑,很是安逸爽快。

不一会儿,晚霞灼灼,把万年桥映成红色,岸边的柳树渐渐被傍晚的水烟笼罩,月亮一点点升上来,满江渔火亮起。

我让仆人到船头和船夫喝酒去,招呼船家女进舱和我们同席。

船家女名为素云,之前也曾陪我喝过酒,是个挺有意思的姑娘,并不俗气,芸便与她坐在一起。船上没有点灯,只等月色洒落,我们一边喝酒,一边玩射覆。

素云听了好一会儿,好奇得眼睛闪亮,说:"侬也蛮晓得酒桌上的那些玩法,但是从未见识过这个酒令,快教教我。"

芸便耐心地为她解释,费尽口舌,各种比喻开导,素云始终一脸茫然。

我大笑:"女先生快歇歇吧,我有一个好比方,保管一听就明白。"

芸忙问:"夫君作何比喻?如此神奇?"

我正色道:"鹤善舞,不能耕田;牛善耕,不能舞蹈。世间万物,各有天性,我们淑珍先生一定要和学生的天性拧着来,教耕牛作仙鹤舞,岂非累死也无功。"

素云明白过来,一边狂笑,一边痛捶我的肩膀:"你敢骂我!"

　　芸赶紧申明规矩:"今天酒桌上只准动口,不准动手,违者罚一大杯。"

　　素云酒量很好,酒品更好,闻言满满倒了一大杯酒,一饮而尽。

　　我笑着更正芸的规矩:"动手可以,但只准温柔抚摸,不许抡拳痛捶。"

　　芸笑着把素云推到我怀中,说:"那就请夫君先尽情地温柔抚摸吧。"

　　我轻轻放开素云,笑着对芸说:"卿卿这就不懂风情了不是,所谓'温柔抚摸',要在有意无意之间而为之,方才美妙。这样抱住了尽情摸,那是庄稼汉们的做法,有什么味道。"

　　玩笑之间,芸和素云鬓边簪的茉莉花,被酒气蒸腾,又夹杂着脂香粉腻,满舱浓香扑鼻。我又开玩笑说:"小人之味满船,我要吐了。"

　　素云闻言又来捶我:"那你还闻了又闻,没完没了!"

　　芸笑着喊:"犯规犯规,罚酒两杯!"

　　素云不服气:"你家郎君骂我们是小人,难道不该打?"

　　芸说:"我家夫君说的此'小人',不是素云姑娘以为的彼'小人',先把酒罚了,我讲给你听。"

　　素云便又干了两大杯,芸就把我们在沧浪亭时,讨论君子香和小人香的往事说给她听。

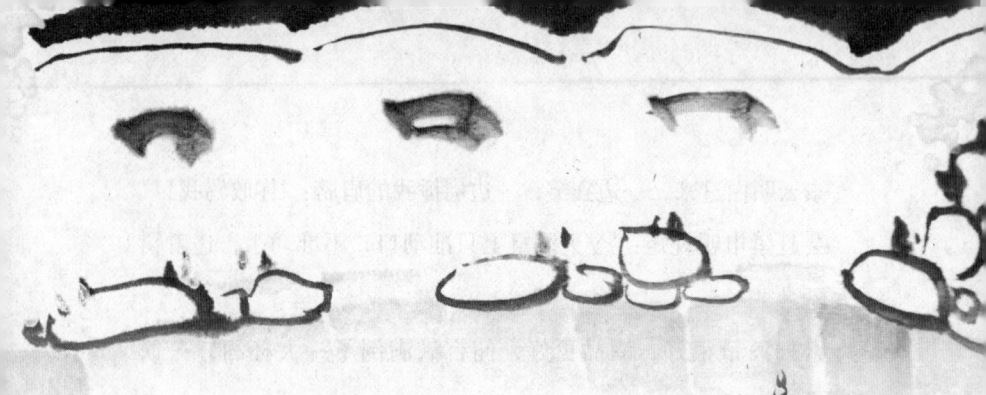

素云听后笑道:"这样啊,那还真是错怪好人了。我再罚一杯。"说着又尽饮一杯。

芸见她兴致这么好,就说:"一直听说素云姑娘歌声美妙,不知是否有幸聆听一曲?"

素云便用象牙筷子敲击杯碟伴奏,唱了一曲。芸十分快意,尽兴畅饮,不觉酩酊大醉。于是让她先乘肩轿回去,我又和素云喝茶解酒,闲聊片刻,而后踏着月光而回。

当天我们寄居在一个叫鲁半舫的朋友家,他家有座萧爽楼,非常舒适,我和芸就多住了几天。

这天,鲁夫人神神秘

秘地过来找芸，私下里对她说："我恍惚听说你家沈君前天招了两个妓女，在万年桥下的船上喝酒胡闹，你知道这事儿吗？"

芸正色说："知道啊。"

鲁夫人愕然，芸才促狭地指着自己说："其中一个就是我呀。"她把事情的始末告诉了鲁夫人，鲁夫人也大笑释然。

◎ 钱师竹

这位钱师竹先生，我在另一本清人笔记小说《清稗类钞》中也见过。

说是钱先生某次回乡，雇了条小船。船极小，极干净，船舱里挂着的都是名人真迹，案头的乐器显然经常使用，船夫送上茶酒果品，所用器物都是古董。

钱先生大惊，问都是哪里来的，船夫随口说是家里传下来的，又和钱先生聊古董鉴赏，见解高明，如数家珍。

钱先生肃然起敬，问船夫姓名，船夫不肯答，只知道姓叶，人称"五官"。

当然，这个故事和本文没有关系，只是在别的文集里看到"熟人"，觉得有趣。当时人们都把这个故事作为败家子的事迹警醒世人，但我觉得，搞不好是哪个世家子玩票，出来跑了趟滴滴打船呢。

有所感

这里应当如何看待我们男主角的"风流放肆"呢?

说实话,年少时看到这一段,我也觉得很矛盾,一方面不能接受沈复与芸之外的女子调笑交好,但另一方面,又觉得这一段欢乐有趣,让人读来无法控制笑意。——只有真正美妙的回忆,才能让人在很多年后写下来,还是历历在目,又让更久之后读到的人忍俊不禁。

后来我忽然想开了,芸都没有计较,我计较个什么劲儿啊!

芸的不计较,并不是没有原则的迟钝。事实上,她与素云的对话中,颇有机锋,一直占据主动,又不露痕迹地秀了与沈复的恩爱往事,还把气氛调动得很愉快。固然是因为她看出素云是没什么心机的耿直姑娘,更重要的是,她深知沈复是怎样一个人,并且接受他是这样一个人。

沈复是怎样一个人?他率真、活泼而又温柔,讨人喜欢,善交朋友,尤其和女孩子们处得好。不管是前面的王二、俞六,还是这里的素云,他和她们都玩笑无忌,甚至在他和芸新婚之夜,芸出洞房应酬时,他还和送嫁的伴娘喝酒到大醉。在他身上,多少有点贾宝玉的影子,骄纵、不谙世事,没什么出息,但是纯真、善良、温暖,而且有点多情。

如果他真的和素云有什么,又或者对芸有所隐瞒避忌的话,就不会坦然地说出"卿非解人,摸索在有意无意间耳"这种风流俏皮话了；就像他之前怂恿芸换装出游时，也坦然地推荐风月场中流行的蝴蝶履。

对此，芸足够了解，也足够包容。

同时她也知道自己的心，她喜欢的就是这样的人，哪怕不那么君子，哪怕没什么出息，哪怕时不时会有其他的可爱女子穿插点缀于他们的生活中——而且在我看来，芸似乎也很享受有可爱女孩子相伴的时光。

美好的时光总是匆匆易过，自芸嫁给我，不觉过去了十四年。其间种种悲欢离合，世态人情，不及细表。但说乾隆五十九年（1794年），我跑了趟广东贩货，同行的有表妹夫徐秀峰，他在粤地纳一美妾，很是自得。

我们回家后，芸应邀去见过此女，日后偶尔谈及，芸对秀峰说："您家姬妾虽美貌，风韵却稍逊。"

秀峰便激她："想必您家郎君来日纳妾，必须是美而有风韵的佳人咯？"

芸慨然道："那是当然。"

谁知自此之后，芸真的挂念此事，着意物色，只是囊中羞涩，未能成事。

当时有一位名妓叫温冷香，寓居苏州，写过四首咏絮的七律，风行一时，好事的才子们纷纷唱和。我的一个朋友吴江人张闲憨，一直欣赏爱慕冷香,把她的咏絮诗拿来,央我也和诗一首。

芸不喜欢闲憨这个人,把诗扔在一旁,我却一时技痒和了一首,其中有一联是"触我春愁偏婉转,撩他离绪更缠绵",芸极为赞赏。

有了这么一段前因,第二年八月五日,母亲打算带芸去虎丘游玩,闲憨却忽然来访,说:"我也有意到虎丘一游,但得先请阁下陪我当一回'探花使者'。"

于是请母亲带着芸先动身,约好随后在虎丘半塘碰面。我就被闲憨拉到温宅,见到了大名鼎鼎的冷香。

这时冷香年华已老,但她有一个女儿,名为"憨园",还未及十六岁,正是亭亭玉立的年纪,容貌气质真如古人形容,"一泓秋水照人寒"。应酬之间,看出其颇通文墨,谈吐不俗。她还有个妹妹,名为"文园",年纪尚小。

这时我根本没有什么绮思妄想,只挂记着这一场应酬,恐怕不是我这样的贫寒之士能承受。虽然人已经来了,只得强打精神周旋,但心里实在惴惴不安,忍不住私下里对闲憨说:"我就是个穷书生,这样的尤物如何消受得起,你这是戏弄我吗?"

闲憨笑着说:"非也非也,今天是有朋友要谢我,请憨园作陪,不料这位朋友又被什么尊贵的客人拽走了,我这是慷他人之慨,请你一次,你就不要瞎担心啦。"

我这才放下心来。

这时，我们的船到了半塘，与母亲她们相遇，我就让憨园移船见过母亲和芸。

芸与憨园一见如故，两人携手登虎丘，饱览风光名胜。芸最爱后山千顷云一处的高远开阔，坐在那儿欣赏了很久。

回来时两条船一起停在野芳滨，饮酒作乐，众人甚欢。将要行船之时，芸对我说："夫君去那条船上陪张君，把憨园留下来陪陪我好吗？"

我没意见，于是回程中芸一直与憨园同船，直到都中桥，我才回到自家船上。

回到家中已过半夜，芸感叹："今天我算是真正见到美而有风韵的姑娘了，刚才我和憨园约好了，明天她来见我，我一定为夫君谋得她的芳心。"

我大惊："这样的女子，非金屋无以藏娇。咱家贫寒，岂敢有这种妄想？何况你我二人伉俪情深，何必外人介入。"

芸只是笑笑："我也喜欢憨园啊，夫君就等着吧。"

第二天中午，憨园果然来了，芸殷勤招待，席间猜枚行酒令，赢的人吟诗，输的人喝酒，十分风雅欢畅，从头至尾，芸一句暗示的话都没说。等憨园回去后，她却告诉我："刚才我又和憨园悄悄约好，十八日那天她再来，与我结为姊妹，还请夫君帮忙准备香烛贡品。"说着又笑起来，指着手臂上的翡翠钏说："如果看到

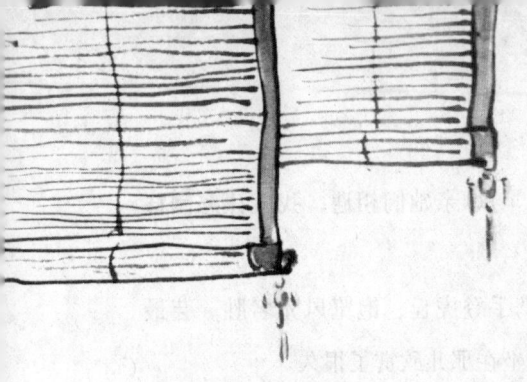

憨园戴上这只臂钏，就说明事儿成了。刚才我已经对她微露心意，只是还没有完全交心。"

事已至此，我便听之任之。

十八日那天，下起大雨，憨园竟冒雨前来，与芸在屋里盘桓了好一会儿，两人才携手并肩而出。憨园看见我，神情羞涩，而那只翡翠钏已经戴在她的胳膊上。

芸与憨园焚香起誓，结为姊妹，约定来日再欢聚。这一天憨园还有应酬，便告辞而去。芸喜滋滋地对我说："佳人已经到手，夫君要怎么谢我这个大媒人呢？"

我询问到底怎么回事儿，芸说："之前一直只是暗示，是怕憨园已经心有所属。后来打听到并无他人，我就问她：'妹妹知道我今天约你来，是为了什么吗？'

"憨园答：'蒙夫人抬举憨园，以蓬蒿之姿侍奉君子，如倚芝兰玉树。但家母对我寄予厚望，我怕是不能自己做主，只能与夫人一起缓缓图之。'

"我便摘下臂钏为她戴上，并殷切叮咛：'如玉之坚，团圆不绝，愿妹妹与我家夫君好事能谐。令堂那里，还请妹妹先找机会，软语笼络，微露此意，看看如何。'

"憨园说：'这事成与不成，取决于夫人的心意。'"

"这样看来，憨园的芳心已经向着我们，就是冷香那里难办，我们再慢慢想办法。"

我听她说得头头是道，不觉笑道："我算是知道了，卿卿这是要上演李笠翁《怜香伴》的故事啊。"

芸说："然也。"

自此之后，她天天把憨园挂在嘴边。

谁知后来好事未成，憨园被豪门强势夺去，芸抑郁愤懑，竟成心病，最终含恨而逝。

◎ 一泓秋水照人寒

这是化用唐代诗人崔珏（就是《西游记》里崔判官的原型）的《有赠（其二）》——

锦里芬芳少佩兰，风流全占似君难。
心迷晓梦窗犹暗，粉落香肌汗未干。
两脸夭桃从镜发，一眸春水照人寒。
自嗟此地非吾土，不得如花岁岁看。
其实整首诗就这一句好，而且沈复这里改得更好。

◎ 千顷云、野芳滨

都是虎丘的景点。千顷云在虎丘后山，曾有一座"千顷云阁"，康熙年间移入行宫，这时应该只是虎丘后山的一块高地。

野芳滨即"冶坊滨"，传说中吴王铸剑之地，沈复改名为"野芳滨"。

◎ 猜枚

一种酒令，就是"猜子儿"。一人把瓜子、莲子或黑白棋子等物握在手中，让其他人猜数目、单双和黑白，猜错的饮酒认罚。

◎ 李笠翁《怜香伴》

李笠翁，即明清之际著名的文学家、剧作家李渔，号笠翁。

《怜香伴》又名《美人香》，是一部颇为有名的剧本，大意是两位惺惺相惜的美人想办法成为一家人，从而长相厮守的故事。沈复和芸用这部剧来开玩笑，真是"意味深长"啊！

有所感

不能把《浮生六记》当作简单的爱情故事来看待,它更复杂,更真实,更微妙,也更沉重,一如生活本身。

如果是我们熟悉的爱情故事,那么沈复应该只爱芸一人,对身边的美色目不斜视,他也应该更有出息和抱负,发奋读书,一举成名,出将入相,再和芸白头到老,一生一世一双人;而芸应该更聪明更有心计,懂得在家庭中周旋,能够做沈复的贤内助,同时把他看得牢牢的,吃得死死的,享尽宠爱与荣华,度过为人艳羡的一生。

在古代的传奇剧本中,和现今的网络文字里,多的是这样的"完美爱情故事"和"理想人生经历",不是吗?

但是生活不是小说;人生不是可以打出最高分的通关游戏;共度一生的那个人,不是纸片上做好完美人设的角色;每一场婚姻,都不是按照观众喜闻乐见的情节写好的剧本。

两个人的故事,永远只存在于他们彼此之间,与后世的读者和观众并无关系。

沈复有没有对芸不忠?该不该起纳妾之心?可以不可以半推半就地接受飞来艳福?芸是愚昧的贤惠,是傻吗,还是有着更深更幽微不可说的感情与欲望?生活从来不是非黑即白,有太多深深浅浅的灰色地带。

但与此同时,他们的感情是否是真诚而温柔?他们是否把对方视为最珍贵最重要的人?他们所感受到的爱意与甜蜜是否真实而持久？那些铭刻在彼此内心深处的时刻，是否幸福而美好？当他们约定来生也要成为爱侣的时候，所许下的诺言是否发自内心？答案肯定是："是。"

生活中纵然有太多深深浅浅的灰色地带，但也有美丽的颜色点染，有温暖的光芒闪耀其中。

所以我们总是说，"生活"这位作者，永远比写着简单而浅薄的"完美爱情故事"的作者们更伟大，更深刻，更让人着迷和动容。

真正的爱情，真正的婚姻生活，是不回避黑白之间深深浅浅的灰色的，亦珍惜这底色之上的美与温情；是在明白自己的原则底线之外，还懂得"若要得到我的好，就要忍受我的糟糕"；是懂得对方是怎样的人，到底想要怎样的生活，若能接受，就坦然地接纳、包容……正如芸包容沈复的轻佻和多情，正如沈复包容芸的难以言说的小心思。

她和他都不完美，他们的爱情与婚姻也不是童话，既有着时代和风俗烙印下的扭曲，也有人性与欲望幽暗面的复杂难言。

但真正打动人心，并具有长久生命力的美好，正是在这样灰暗的背景中，仍然闪烁绽放着光芒，仍然不可磨灭真情、真诚、爱意与尊重，仍然追寻和向往着幸福与快乐，仍然相信彼此，并仍然对生活拥有信心与憧憬。

正如芸曾微笑着对沈复说的那句话——"我自爱之，子姑待之。"

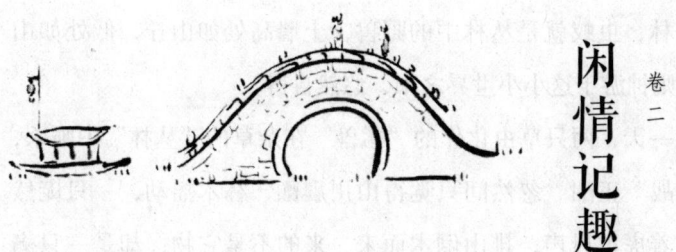

闲情记趣

卷二

　　记得还是孩子的时候,我能直视太阳,也可明察秋毫。纵然是世人漫不经心对待的微小之物,它们的生态与纹理,都在我的细致观察之中,所以常常能感受到身外之物带来的别样乐趣。

　　夏日蚊群的嗡嗡声,听在耳中仿佛雷声滚动,于是将之想象成在空中飞舞的群鹤,以这样的心思细细看去,蚊群果然化作成百上千的仙鹤,翩然起舞。不觉看得入神,一直仰着头,脖子都僵硬了。

　　又故意在雪白的蚊帐中留几只蚊子,用蚊香的烟缓缓地喷过去,让它们在轻烟中"嗡嗡"飞散,将之看作一幅会动的青云白鹤图,真如仙鹤于云端飞舞清唳,不觉心旷神怡,快意非常。

在园子里玩耍,又常常蹲于土墙高低不平之处,或是花坛中小草丛生之处,让自己能够平视花坛。这样凝神细看时,草丛变化作密林,虫蚁就是丛林中的野兽,土墙高处如山丘,低处如山谷,我则神游于这小小世界之中,悠然自得。

有一天,两只草虫化作的"猛兽"在杂草的"丛林"中厮杀,我"观战"正酣。忽然间只觉得山川震颤、林木摇动,一只庞然大物挟着虎虎风声,排山倒木而来。来的不是它物,却是一只癞蛤蟆,只见它长舌一卷,两只缠斗的草虫悉数被它吞进肚中。

年幼的我已经完全进入幻化的奇异世界中,被这突如其来的变故吓得叫出声来。等回过神,伸手抓住这只逞凶的癞蛤蟆,用草茎鞭笞数十下,将它驱逐到偏院中,以示惩戒。

长大之后回想这桩往事,才明白那两只草虫并不是在厮杀,而是奸情未遂的纠缠,俗话说"奸近杀",虫蚁的世界中也是如此啊。

◎ 奸近杀
明清时俗语,白话小说中常常看到,原话是"赌近盗,奸近杀"。

那时候,我沉醉于这只属于自己的小世界,成天蹲在乱石杂草间,有一次被蚯蚓咬了下身,肿得几乎不能小便。大人说捉一只鸭子,扳开鸭嘴对着呵一呵就好了。下人们便捉来鸭子如此照办,扳着鸭嘴的仆妇一时不小心松了手,那只鸭子就直着脖子好像要把我的小弟弟吞下去。我吓得放声大哭,这桩糗事传为笑柄。

这些都是小时候的营生，长大后，转而沉迷花艺，爱花成痴，尤其喜欢栽种修剪盆景。后来结识了张兰坡，从他那里学会了剪枝插枝的精妙手法，进而融会贯通，嫁接花木，堆叠假山都上道了。

最爱兰花，爱它幽雅芬芳，风致楚楚，只是兰谱上有记载的好兰花极为难得。张兰坡早夭，临终前送我一盆荷瓣素心的春兰，花萼齐平，花心丰润，花茎纤细，花瓣匀净，是可以入兰谱的佳品，我和芸珍爱之极。

当时我在外地做幕僚，只能拜托芸照顾这株兰花，芸浇灌照料，不假他人之手，花叶长势极好。谁知还不到两年，这兰花忽然枯萎。我们挖出根茎查看，莹白如玉，全无病变，还有正在冒头的小芽。

不知这兰花究竟为何枯萎，只能叹息也许是我们无福消受此等绝品。后来才知道，曾有人想分走一枝栽培，我没有答应，于是找机会往花盆里浇了滚水，烫杀了这株珍贵的兰花。

从那以后，发誓不再养兰花。

除了兰花，最爱的就是杜鹃了，虽然杜鹃没有花香，但颜色艳丽，花期长，可以玩赏很久，而且非常容易裁剪出姿态。只可惜芸对这些花太过爱护，不忍心下剪刀，所以总难养成姿态优美的花树。

我们养的其他花草，也是这样，被芸保护得很好，恣意生长而不成型。

唯一特别的是每年秋天的菊花了。我俩都喜欢剪枝插瓶，以衬托秋意，不太欣赏"原生态"栽种着的菊花。

其实栽种的菊花也有可供赏玩的风姿，但那得是自家花园里悉心培植而成。我们没有花圃，只能每年到花市上买，那都是花农大片栽种的，和路边长的杂草一样，没什么值得赏玩的。

插花的要义在于，花朵须是单数，不可是双数；每一瓶只插一种，不可杂以其他颜色；瓶口要敞阔，不可窄小，瓶口敞阔则插花姿态舒展。

不管是插三五七枝，还是三四十朵，最好是在花瓶中形成生机勃勃的一束，花枝不能乱，不能散，不能互相交缠，也不要靠着瓶口，如行家所谓"起把宜紧"。或者枝枝向上，亭亭玉立；或者逸兴横飞，穿插如画。

花枝要参差错落有致，其间点缀花蕊（我疑心这里是"花蓓"之误，就是说要点缀一两朵没有开的），避免插得圆团团的，像是玩杂耍飞刀转盘的样子。花叶不能凌乱，花枝以细柔为上，支撑的戳针要藏在花茎中，如果戳针太长，宁可将之截断，以任何角度欣赏瓶花时都应看不见戳针，即行家所谓"瓶口宜清"。

摆放瓶花要根据几案的大小，一桌最好三瓶，最多七瓶，再多就乱作一团，主次不分，就像市面上流行的菊花屏风一样伧俗了。

几案有高有低，相差不能小于三四寸，不能大于五六寸，彼此参差起伏，互相照应，起伏要有连贯的气势，亦要韵致宜人。如果规规整整的中间高、两边低，或者前面低、后面高，或者对称排列，那就成了行家笑话的"锦灰堆"了。总之不管是疏是密，是探出头还是藏一半，全在摆放者心中丘壑和眼中的诗情画意。

至于插花的容器，不管是花瓶、小碗、浅盘甚至笔洗，都要先在底部按上胶泥花插。具体的做法是用漂青（我觉得这里应该是"鳔清"，纯净的鳔胶叫作"鳔清"）、松香、榆皮（榆皮有涎汁，黏稠润泽，旧时常用来泡养戏妆的假发片子）、面粉和油，混入草木灰熬制成胶状，再用铜片把钉子按在上面，尖端朝上。使用时把胶泥烤化，把铜片和钉子沾在花器底部。

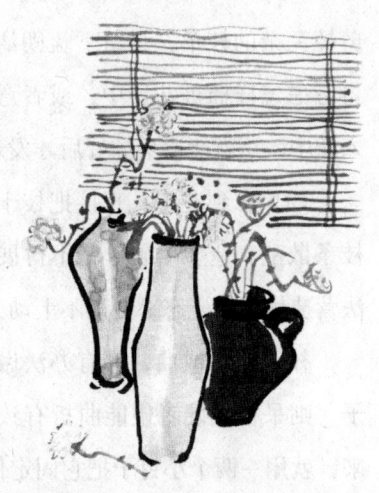

等到胶泥冷透了之后，将插花用铁丝固定造型，插在钉子上。造型最好呈偏斜之势，不可直愣愣地支在正中间；更要注意枝叶疏朗清爽，不要拥挤。然后往花器里加水，取一碗净沙，薄薄地遮住底部的铜片，让看到的人以为这丛花直接是从花器中长出，则堪称佳妙。

如果以木本花果做瓶插，就要讲究裁剪之法——因为这些花木不可能都是亲自动手采来，需要找人帮忙攀折，所以往往不能合意，更要着意构思。

裁剪花木时，先把枝条拿在手中，或横或斜，仔细观察其生长走势，再或反或侧，以寻找最美妙的姿态。胸有成竹之后，再剪掉芜杂的枝丫，只留下疏朗清癯、古朴而有意趣的部分。这时再考虑怎样插进花器中，或者弯折主干，或者盘曲枝条，然后插入瓶中，这就能避免插好后才发现花叶遮挡或向背的弊病。

如果拿到花木，直接把枝干笔直的插进瓶中，插到最后必定枝条散乱、造型生硬，花不得展示全貌，叶片则纷乱遮挡，既无法营造优美的姿态，更谈不上动人的风致。

枝干或折或曲，都有办法做到，把枝干锯开一半，嵌进小石子，则呆板生硬者便能曲折有致。如果枝梗倒生或太软，奋拉下来，就用一两个小钉子把它固定住。

如此这般，即使是枫叶竹枝、荆棘杂草，都能供瓶插之用。或一竿绿竹配几颗枸杞，或三五茎细草伴两枝荆棘，只要挑选得当，裁剪穿插有致，便别有一种出尘洒脱的野趣。

所以种植花木时，不妨引导其长歪长斜，放任枝叶倾斜散开，一年后枝叶自然会向上生长，不会彻底长歪。但如果一开始就务必让每一株花木长得笔直，最后就难以摘取合适瓶插的枝条了。

至于裁剪盆景中的花木，先要挑根部露出地面的，将之左右剪开，分出三个根节，造型如鸡爪。没有好的根部造型，则不成盆景，只是往土里插了一棵树而已。

然后往上梳理枝干，树干上每个结节上伸展出一个分枝，由底部到树梢，或七个分枝，或九个分枝，称为"七枝到顶"或"九枝到顶"。

结节一定不要臃肿，那被叫作"鹤膝"，是盆景花木大忌；伸出分枝不要像肩膀接着胳膊那样规整对齐，而是要盘旋倚侧而出；枝的分布不要只在左右两侧，这被叫作"袒胸露背"，也是盆景应该避免的弊病。

有一根而生两树甚至三树的盆栽，叫作"双起"或"三起"，则树与树之间也要参差错落、横斜掩映，不可直愣愣地一前一后或一前两后地支棱出来。

总之，一棵好的盆景树修剪成型，至少要三四十年的精心侍弄。吾乡有位名叫万彩章的老先生，一生栽培修剪了好几株盆景。我一辈子也就见过他一个人有这本事。还在扬州一个富商家中，见到虞山来的客人送的一盆黄杨，一盆翠柏，也是难得的好盆景，可惜明珠暗投，主人家似乎没怎么珍惜在意。

至于其余那些所谓的盆景，或者大枝盘旋如宝塔，小枝蜷曲如蚯蚓，就流于庸俗匠气了。

而盆景中点缀的花草石子，小巧可以入画，大巧足以入神。捧一盏清茶，对一件盆景，不知不觉神游其中，这才是静室雅供清玩的乐趣之所在。

我曾在盆景中种水仙,一时没有灵璧石点缀,就挑选木炭中剔透趣致、隐约有奇石意味的代替。后来又看中黄芽菜(就是一种大白菜)的菜心,取其洁白如玉,大大小小选三五七只,用沙土种在长方形的盆中,以炭代石,点缀其中黑白分明,极为养眼有趣。

以此类推,则随手取物,皆可巧思成景,幽趣无穷,难以一一枚举。

比如取石菖蒲结的籽,和着冷米汤一起嚼一嚼,喷到炭上,置于阴暗潮湿之地,就会长出特别细的石菖蒲,随意移植到盆碗中,细茸茸的,很是可爱。

或者把老莲子的两头磨一磨,放进蛋壳里,混进母鸡孵化的蛋之中,让母鸡一起孵化,则小鸡出壳的时候,就可以把莲子取出。用陈年的燕巢泥掺进天门冬,八分燕巢泥,两分天门冬,捣烂拌匀,装进小花器,把莲子种进去。用河水浇灌,每天早上朝阳升起时晒之,不久就会长叶开花,荷花小如酒杯,荷叶小如碗口,玲珑可爱。

◎ 灵璧石

著名观赏石,一般是黑色,带有彩色花纹,出自安徽灵璧县,自唐代便是贡品,乾隆曾称之为"天下第一石"。

◎ 天门冬

一种中药,可以防潮防蛀。

至于营建山水园林、亭台楼阁，以回廊间隔屋宇，以奇石叠作假山，栽种花木以掩映造势，则需通盘考虑大小虚实。或小中见大，或大中见小；或虚中有实，或实中有虚。或藏或露，藏露之间或深或浅，便成景致。

通常所说的"周""回""曲""折"四个字，并不能尽言园林造景之妙。又不是仅仅依仗地方大，材料多，下琐碎工夫堆叠营造就能出色的。

做假山时或掘地堆土，间以石块点缀，则山上可以种植花草，再植梅花以虬曲枝干为藩篱，种藤蔓遮挡如墙，才是真正凭空造出山川胜景。

所谓"大中见小"，指的是在空旷处种植容易生长的修竹，再以茂密的梅树掩映，于空荡荡的地方造出精致小景观。

所谓"小中见大"，指的是院子窄小的话，就把院墙造出起伏凹凸之形，以绿植装饰，多种藤蔓攀爬垂拂，再选合适的地方嵌一块大石，石上凿字，仿佛山川石壁间的碑文铭记一般，这样推窗看去，仿佛觉得对着一片峻崖峭壁，自然胸中生出丘壑之感。

所谓"虚中有实"，是指有时故意营造出山穷水尽之感，却在转折移步间豁然开朗；或在轩室亭阁中看似橱柜之处，打开来却通往另一个院落。

所谓"实中有虚"，指的是在似通却不通之处偏偏开一扇门，门后点缀竹石花木，仿佛通往一个院落，似有实无；或在墙头上再做起矮栏杆，让人觉得墙那边似乎还有露台一样。

至于贫寒之士，家居狭窄拥挤，就该仿效吾乡那种"太平船"后梢，再加以调整。

那种小间，以台阶为床，前后挪移，彼此借用空间，可以放下三张榻。间隔用纸糊的隔板分隔，则前后上下的空间都充分利用，而且空间中间一隔，就看不出实际面积的大小了。就像行路，如果路线够长，就不觉得路窄了。

和芸寓居扬州时，屋子只有两椽，我们仿效"太平船"后舱的空间安排，上下卧室、厨灶、待客之处都间隔恰当，空间还都绰绰有余。

芸曾经笑道："咱家虽然设计精巧，但终究不是富贵人家的格局气象啊。"我深以为然。

◎ "太平船"后梢

太平船是江南一带一种双层运输船，"后梢"为船后的小间，一般为船主自住或搁置杂物用。

◎ 两椽

古代"一椽"原指一根椽的长度，作为房间进深的单位，后指两根屋椽之间的空间面积，再后来代指一小间。

在山中扫墓时，我曾捡到造型别致纹理可观的石头，回来与芸商量道："现在做盆景，都用油灰来黏连石块，宣白石也是白色，颜色倒还均匀。但是山中黄石如果用这个法子，则黄白相间，人工痕迹清清楚楚，怎么办呢？"

芸出主意："要不试试选不太好的石块，捣成碎末，趁油灰黏贴处还没有干的时候，把碎末抹上去，等干了之后，整个盆景石山就是一种颜色了。"

于是按照她的主意，我们在宜兴窑烧的长方形盆中堆叠起一座石山。山势起于左边而倾斜向右，背后作横向方石纹，如《云林石谱》中的叠石之法。"山"间巉岩起伏，如石矶临江；故意缺了一角，铺河泥种上许多白萍。山石上种茑萝，就是俗名"云松"的植物。

花了好几天的时间，这件盆景才完成。

到了深秋，茑萝蔓延生长，铺满整座"山峦"，如石壁间垂悬的藤萝，红色的小花星星点点；白萍也出水盛放，与茑萝的红花相照映，红白相间，美不胜收。神游此山中，就仿佛到了传说中的蓬莱仙境。

我们把盆景放在屋檐下欣赏把玩，商量着某处可以修一间小水阁，某处可以搭一个小茅草亭子，某处应该在石壁上凿六个字"落花流水之间"，某处宜于居住，某处

宜于垂钓，某处最好眺望风景……指点"山水"，兴致满怀，就好像我俩准备移居此山之中。

谁知有一天晚上，猫咪争食，从屋檐上掉下来，连盆景带架子摔得粉碎。我叹息道："如此小玩意儿，也为造物所忌惮，不得长久吗？"

不觉与芸相对泪下。

◎ 油灰
即通常所谓的"腻子"，用熟桐油调石灰或石膏而成。

◎ 茑萝、云松
茑萝即密萝松，开五角形小红花；云松一般指文竹。从下文看，此植物开红花，当为密萝松。

静室焚香，也是悠闲雅趣。芸曾把速、沉等香上锅蒸透，然后在香炉上架铜丝架子，离火半寸左右，把蒸透的香放在上面，借着热气慢烘，香气幽雅而不生烟雾。

至于家中供养的香果，佛手不能醉的时候闻嗅，嗅过就容易烂；木瓜最怕出汁，一旦出汁就要用水洗净擦干；唯有香橼百无禁忌。

佛手、木瓜等香果，供法也有讲究，不及一一写出。常常看见有人把摆好的香果随手取来闻香，又随手一放，这都是不知香果供法的人啊。

◎ 香橼

即枸橼,是古代常用的一种香果。

闲居无事,案头总是供着瓶插鲜花。芸对我说:"夫君插花,精妙入神,能将自然之中风雨晴露的意态融入花中。但绘画有'草虫'这一门类,不知能不能用来点缀插花呢?"

我说:"虫可是活物,不肯乖乖待在花叶上,怎么点缀?"

芸说:"我倒是有个法子,就是有点作孽。"

我就让她不妨说说看。

芸便说:"虫死后也不变色,所以我们捉来螳螂、蝉、蝴蝶之类,用针刺死,然后用细丝线系在花草间,把姿态调整好,或者抱着花枝,或者踩在叶子上,栩栩如生,不也很可爱吗?"

我觉得很妙,就照这法子试了试,果然极好,而看到的亲友们也无不叫绝。

即使是闺中女子,兰心蕙质,如芸这般聪颖灵秀、心思巧妙的,大概也是绝无仅有吧。

曾和芸在锡山(无锡西郊)华家借住,华家两个女儿跟着芸习字。乡间院子宽敞,但夏天就暑热逼人。芸教华家做"活花屏",极好。

每扇花屏长四五寸,宽一尺,做成矮的条凳的形状,中间空着,横向分四格。条凳的四个角都凿出圆眼,插竹编的方眼屏,高约六七尺。用砂盆种扁豆放在条凳的"格"中，爬藤盘旋着布满竹屏，两个人就可以搬动。

如此多做几只，随意搬动摆放，就如满窗绿荫，遮蔽阳光，而风吹可透，摆得曲折迂回一些，便成景致，还可以随时更换摆法。所以叫作"活花屏"。

一切有藤蔓的花草植物，都可以用来做活花屏，就地取材，随处摆放，真是乡间居住的一个好法子。

朋友鲁君，名璋，字春山，号半舫，擅长画松柏梅菊，隶书极工，也擅篆刻。我和芸曾在他家的萧爽楼住过一年半。萧爽楼朝东共有五间房，我们借住其中三间，阴晴风雨之际，皆可登楼远眺。庭院中种着一株桂花，秋来清香袭人，楼下有回廊，有厢房，位置很幽静。

住进来的时候，我们带着一对仆人夫妇，还有他们的小女儿。仆人擅长裁剪，仆妇擅长纺织，于是仆妇织布，仆人裁剪成衣，芸加以刺绣，一家人的生计得以维持。

我一向好客，朋友来访必留饮，饮酒必行令。芸最擅长烹制小菜，鱼虾瓜菜，所费无几，但只要她做出来，总有别致可口的味道。

朋友们也都知道我不宽裕，大家常常出零钱凑份子置办起酒菜，然后在我家玩上一整天。

我又爱干净，居处总是不染纤尘，而且不喜拘束，百无禁忌，

只怕不能尽兴,所以来的朋友非常多。

有杨君名昌绪,字补凡,擅画人物,尤擅写真;有袁君名沛,字少迂,擅画山水;有王君名岩,字星烂,擅画花鸟。

这些朋友喜欢萧爽楼的安静雅致,总是带着画具来作画,我就跟着他们学画。为他们的画题草书篆书,给他们刻印章,收点润笔费,都交给芸置办茶酒,招待大家。成天就这样品诗论画,悠闲度日。

更有夏家兄弟,一名南熏,字淡安,一名逢泰,字揖山。缪家两兄弟,一字山音,一字知白。以及蒋韵香、陆橘香、周啸霞、郭小愚、华杏帆、张闲憨等诸位好友,大家到我家就像梁上燕子归巢,自在来去。芸总是帮着我热忱招待,哪怕拔金钗换美酒也不动声色。

回想那些时日,春花秋月、夏风冬雪,几乎所有的良辰美景都未曾错过。如今这些朋友们风流云散,天各一方,那个曾经拔钗沽酒的人也早已香消玉殒，惆怅旧欢如梦，往事不堪回首。

还记得当时为萧爽楼定下"四忌"：不许臧否宦海沉浮、官员升迁；不得议论公门是非、时事热点；不准批评八股文章、科考消息；不可在此斗牌掷骰、赌博喧闹。但有犯者，罚酒五斤。

又定下"四取"：取慷慨潇洒之士，取风流蕴藉之人，取落拓不羁之豪杰，取澄静缄默之雅客。

长夏无事，我们就凑在一起对诗作乐，玩法又和旁人不同。每次八个人参加，每人出两百钱。开始时先抓阄，一人作"主考"，隔离开来，另行落座；另一人为"誊录"，也单独坐好。

余下六人就是参加"考试"的"举子"了。先到誊录那里取考试专用纸一张，盖上自己的印章；再由主考出题，五言诗、七言诗各一句，对出下联；然后焚香计时，大家或站立，或缓行，构思对句，但不准交头接耳，窃窃私语。

完成后，将"卷子"扔进一个匣子，这才许就座。各人都交卷之后，誊录打开匣子，抄录成一册，交给主考，以免主考认出字迹，徇私舞弊。

主考品评，各取最好的三联，再给这六联评出高下，第一名就是下一任主考，第二名就是下一任誊录。

如果有"考生"两联都落选，罚二十钱；只有一联落选，罚十文钱；过了时限不能交卷的，罚四十文。每场的主考可以得一百文辛苦费。

这样的"考试",我们一天可以考十场,最后公中的钱往往过千文,买酒绰绰有余。

有时候芸也参加,不过她算是"官卷",准她入座构思。

◎ 官卷

清代为防科考舞弊,官员子弟的考卷另编一组,单独录取。当然,官员的品级职务都有一定的规定。

到这里,似乎证实了我一直以来的一个猜想。我们的男主角沈复,以及女主角芸,还包括沈复那帮朋友们,写诗大概都只能算平平而已。

大家可不要以为古人个个都会写诗,即使是那些名垂青史的诗人,看他们的全集,也常常看到让我目瞪口呆或是忍俊不禁的诗作。

至于那些在《全×诗》里的名不见经传的诗人的作品,就更是难以恭维了。——所以大家一定要感谢众多编诗选的前辈们,他们真的是替后人蹚了多少雷啊。

而且我疑心沈复的水平,可能连"平平"都不能算,但凡他的诗写得稍微能看,以古代文人的习性,怎么都忍不住要在书里留下几首的。但整本《浮生六记》,留下的只有一两联他觉得特别好，确实拿得出手的残句，而那些残句给人的感觉也是平平而已，甚至难以恭维。

再看他们闲来无事聚众玩文字游戏，哪有这种时候只对对子不写诗的？《红楼梦》里的姐妹们可是一首又一首地写呢。从没听说文人雅集纯对对子不写诗——学堂里教小朋友才这么玩吧。难道是大家觉得写诗难度高了点，还是对对子比较容易？

就算对对子，好像也没有出现好到让他觉得有必要记下来的句子。

有人说这是因为沈复写作《浮生六记》时，时间已经过去了许多年。但须知中国古代文人，对自己的诗作那是最看重的，只要真是他自己觉得好的诗，早就记下来到处给人欣赏，请人唱和，不管过去多少年，自己想忘都忘不掉。不然你以为那些才子们为什么不管写啥，总要想方设法塞几首诗进去？

所以我才十分确定，沈复并不太会写诗。

但是，不会写诗又怎样？

沈复不是传统意义上的"成功者"，甚至可以说，他是古代传统既定人生价值和生活方式的一个"叛逆"。他不追求世俗鼓励认可的成功与出息，他只想过属于自己的简单悠闲的生活，有爱妻，有朋友，有花有酒，与世无争。

更幸运的是，他遇到了芸，和他有着完全一致的三观，对人生抱着同样随遇而安、安贫乐道的态度，甚至与他有着同样的审美、品味和情趣。

不会写诗又怎样，他们不是一样把日子过得诗意盎然，不是也留下了如此可爱、如此诗意的文字，打动了一代又一代的读者？

没有在文中留下得意诗作又怎样？我们的文学史上，有太多酸文假醋的平庸诗句，却太少《浮生六记》这样真性情的平凡文字。

擅画人物的补凡，曾为我们夫妇画过一幅"<u>载花小影</u>"，相当传神。那一夜月色极好，雪白的墙上映有兰花的影子，有别样的幽雅意境。

星烂有点醉了，逸兴横生，说："补凡兄能为三白夫妇画像，我能为花绘影。"

我笑问："花影能如人影一般吗？"

星烂取一张白纸，在墙上铺开，就着兰花的影子描画，墨迹深浅随花影痕迹涂抹。

第二天再看时，虽然不成一幅完整的画，但自有月下花影的趣致。

芸很是珍爱这些画作，朋友们也各有题咏。

◎ 载花小影

在沈复好友石琢堂的文集《独学庐全集》中，有一首词《洞仙歌》，题目是《题沈三白夫妇"载花归去月儿高"画卷》，后人估计题的就是这幅"载花小影",只是石作词时芸已去世。

全词如下——

春光一舸,趁江流如箭,料想仙源路非远。

问刘纲佳耦(同"佳偶"),暂谪凡尘,消受过、几度花明月艳!

比肩人已香,蕉萃(同"憔悴")崔郎,犹对夭桃旧时面。

不用水沉香,百种芳华,早熏得、真真活现。

倘环佩珊珊夜深归,算只有、嫦娥当年曾见。

这里必须说一句,石君不愧是中过状元的人,诗词水平确实远高于沈复诸人。

苏州有南园、北园,油菜花盛开时景致尤美,可惜那儿没有小聚饮酒的酒家。若是自带酒菜,对着好花喝冷酒,终究差了点意思。有人建议看花之后在附近找个地方喝酒,或者看完花回来再聚饮,但总不如花田旁热腾腾地喝一杯过瘾。

这一日,众位朋友正就此事议论纷纷。芸笑着说:"明儿诸位准备好份子钱,我自会挑着炉火来为诸君烹茶煮酒。"

众人都笑着说:"遵命!"

大家散去后,我问芸:"明天卿卿真的带着炉火去?"

芸笑:"哪儿能啊。我见街上有挑担卖馄饨的,担子上锅灶餐具都全,不如雇他和你们一起去。我先把菜蔬饮馔都拾掇好,到那儿下锅一热就能吃,配茶配酒都方便。"

我说:"酒菜固然方便,烹茶却要干净水火,如何是好?"

芸说:"多带一只干净砂罐,到时候让他把煮锅从灶上卸下来,用铁叉夹着砂罐耳朵,搁在灶头上,换木柴煮水煎茶,不就很方便吗?"

我忍不住鼓掌叫好。

街头那个馄饨担子,摊主姓鲍,我们付他一百钱,约定明日午后挑着担子跟我们去赏花。鲍欣然答应。

第二天,赏花的朋友们都来了,我告诉他们这件事儿,大家都赞叹佩服。

午饭后,我们就带着坐垫席子,和馄饨担子一起去了南园。

柳树荫下,大家围坐,先煮了一壶好茶,喝完之后,开始暖酒热菜。这一天风和日丽,菜花如满地黄金,惹得蜂蝶乱飞。看花人来来往往,青衫翠袖点缀在花海中,看花也看人。酒还没上,大家都已欣然陶醉。

一会儿酒菜俱备,我们又吃又喝,好不快活。馄饨担子的主人鲍君颇为不俗,众人便拉他入座,和我们一起饮酒。

来往的游人们看见了,无不羡慕我们的奇思妙想、好酒好菜。一时间杯盘狼藉,众人醺醺然乐不可支,有的坐着,有的索性躺下,有的长啸抒怀,有的敲着杯盘作歌,直到红日西斜。

这时我忽然想吃粥,鲍君马上到附近人家买米,为大家煮了一锅粥,又美美地吃了一顿,我们才尽兴而归。

先回萧爽楼,芸笑着问大家:"今儿玩得还开心吗?"

大家齐声答道:"非夫人之力不及此。"说完,相对大笑而散。

◎ 非夫人之力不及此

语出《左传·烛之武退秦师》,原话是"微夫人之力不及此",这个"夫人"的意思是"那人"。这里众人促狭,用了"夫人"的另一个意思,和芸开了个善意高明的小玩笑。

贫寒之士,起居衣食,以及居家用具,都以节俭而雅致整洁为宜,而节俭之法关键在于四个字:就事论事。

我喜欢喝点小酒,但菜吃得不多。芸就给我做了一只"梅花盒",用六只两寸的白瓷深碟,中间一只,旁边围五只,用桐油灰黏在一起,外面刷上一层黑漆,形似梅花。底盖黏在一起后呈现出均匀的凹棱,盖子上有提钮,像梅花花蒂。放在案头,就像一朵墨梅落于桌面。

打开盒盖,则各色小菜就像装在花瓣里,一盒六种菜式,二三知己对饮时随意取食,吃完再加,方便之极。

芸还定做了一只矮边的圆盘,放酒壶酒杯筷子之类,随处可以摆开酒菜,也方便挪移收拾。这样一来,食物上就很少浪费了。

至于穿,我的帽子、领衣、袜子,都是芸亲手缝制。衣服有破损,她就彼此腾挪,拆东补西,必定缝补整齐,浆洗洁净。衣物多用暗色,污垢则不显眼,出门做客和家居都可以穿。这样一来,衣饰上又可以省一笔。

◎ 领衣

清代男子衣袍一般无领,要另戴一个领子,称为"领衣",相当于我们现在的假领。

古人说"贫贱夫妻百事哀",但沈复写贫寒,不仅没有一丝局促怨怼,反而很有点津津乐道、怡然自得之感。

但这样也很可爱。其实人"没有出息"并不可怕,安贫乐道、布衣蔬食中亦有乐趣,更能带给人珍贵的自由和自在。

可怕的是"没出息"却不安于平凡,这才是多少人生悲剧的缘由。

而看到这对小夫妻彼此扶持帮衬,把贫寒的日子过得自得其乐,只让人觉得温馨而感动。

我俩刚搬到萧爽楼时,觉得采光不太好,就用白纸把墙壁糊了一遍,屋子顿时亮堂起来。

夏日天热,把楼下的窗格拆掉,但是楼外没有栏杆,似乎觉得空荡荡无所遮蔽。芸说:"我们有一床旧竹帘,不如就用它代替栏杆吧。"

我问:"怎么弄?"

芸出主意:"找几根颜色黝黑的老竹竿,一横一竖搭起架子,留出过道,高度和桌子平齐。把旧竹帘半截搭在横架上,垂到地,中间再竖四根短竹竿,用麻线捆好。要是怕竹帘滑落,可以找几条黑布条,把竹帘裹缝在竹竿上,既可以遮挡,又不费一文钱。"

这就是我所说的节俭之法在于"就事论事"。由此推断,古人所谓竹片木屑都有其妙用,确实有道理。

每到夏日,荷花亭亭,晚上含苞待放,天亮时则随日光盛开。芸总是细心地用小纱囊装少许茶叶,头一天晚上放在荷花花芯里,第二天早上取出,煮收集的雨水泡荷花茶,香气幽雅,韵味悠长。

坎坷记愁

卷三

　　人世间的坎坷往往由何而来？在我小时候，人们告诉我，坎坷之人通常都是"自作孽"。

　　但我自觉为人有情有义，重信守诺，豪爽直率，单纯不羁，为何我经历的种种坎坷，却似乎都是从这些性情而生的呢？

　　何况我父亲为人慷慨大方，急公好义，每每救人危难，成人之美。父亲为人抚养孤儿，发嫁孤女，这样的事情不知做过多少，挥金如土，多为他人。但不知为何，这样的善行义举也未能为我带来好运。

　　与芸结为夫妇后，我们多数时间里手头拮据，偶尔需要用钱，难免要往当铺中典当。开始时东挪西凑，接着左支右绌，真如俗语所说："处家人情，非钱不行。"一旦财力窘迫，家中便生事端，先是下人们议论纷纷，进而家人中也有冷嘲热讽之辈。

倘若我和芸平庸老实一些，或者还能让他们不那么挑剔为难，古人说"女子无才便是德"，在他们眼中真是千古不易的大道理啊！

我虽为家中长子，但族中排行第三，所以芸嫁过来之后，家中上上下下都把她叫作"三娘"。不知怎么，后来忽然有人把她叫作"三太太"。

开始时是玩笑戏称，后来竟然成为习惯，到后来一家中无论长幼尊卑，都把她叫作"三太太"。这莫非就是我家中变故动荡的先机？真是可叹啊！

◎ 三太太

古代家中称有地位的年长女性，或官员妻子为"太太"，芸年纪既轻，婆婆犹在，夫君仍是白衣，把她叫作"太太"，就是一个有点恶意的玩笑了，至少是嘲笑沈复没有出息。

乾隆五十年（1785年），我跟随父亲身边，住在海宁府的官舍中。收到的家书中，附带着芸写给我的信件。父亲见到就说："你媳妇儿既然通晓笔墨，以后你母亲和我们书信来往，就让她帮忙管起来吧。"

后来家中偶然起了点闲言碎语，母亲疑心是芸写信时没把事情说清楚，造成误会，就不让她代笔了。

父亲看到来信不再是芸的笔迹，问我："怎么回事儿？你媳妇儿病了吗？"

我赶紧去信询问，但芸也没有回信解释。

时间一长，父亲动怒："看来你的好媳妇儿不屑为我们老人代笔啊！"

等我回到家中，弄清事情原委，想要在父亲面前为芸委婉解释一下。芸急忙阻止我："宁可让公公责备我无礼，不可让婆婆觉得我搬弄是非。"

最终我也没有在父亲面前为她辩白。

到了乾隆五十五年（1790年），父亲在邗江府任幕僚，我又跟随他左右。父亲的一个同事俞君孚亭带着家眷在任上，父亲曾对他说："老夫一生辛苦，常年不在家中，想要找一个伺候起居饮食的身边人都没有。孩子们也是不懂事，不然就应该从家乡物色这么一个人来，言语习惯都合适才好。"

俞君把父亲的意思转告给我，我又悄悄写信给芸，托她请媒人物色这样一个女子，媒人帮着相中了姚家的女儿。

芸因为事情还没有定，就没有禀告母亲。待姚女来给她相看时，母亲遇见，问是谁家姑娘，芸只得说是邻家女子过来玩耍。

待到父亲命我将此女接至官署时，芸又听旁人建议，对母亲说是父亲之前就看中的女子。

母亲见是姚家女，不快地说："这不是邻家那个到处串门玩耍的姑娘吗？怎么给纳了这么一个人？"

母亲迁怒于芸，芸从此又失去了母亲的欢心。

有所感

到这一部分，确实让人觉得有些沉重，而且不是那种有意义的感性的沉重，而是带点无奈、带点窒息的琐碎却磨人的沉重。

其实生活原本如此，从古至今，都是这样。

我们可以说沈复和芸这一对小夫妻太不懂人情世故，他俩都是那种性情单纯善良，待人热心肠，有点不谙世事，又有点"一根筋"的人，这样的人做朋友是极好的，但如果遇到稍微复杂点的人事关系，再或者还有利益相关，就难免会左支右绌，窘态毕露。

但我们也可以说沈复的父母也有责任，他们显然是那种对外人热心肠，对自家人有时却要求过于严格的人，而且难免那个时代家长特有的毛病，把自己放在道德高处，刚愎自负。

我们甚至还可以说这是当时社会风俗造成的困境，儿子要帮父亲纳妾，儿媳妇要为公公选枕边人，婆婆要表现出贤德只能把怒火转移到儿媳身上，成年的子女仍然要依附父母居住，而家人为了生计又不得不常年分离，等等。

然而从我的本心来说，我并不希望这个章节被如此解读。不希望它被读作家庭伦理剧、婆媳戏甚至宅斗文；也不希望读者站在清醒理智客观公正的旁观者角度，品评当事人的是非对错，何时处理不当，何处应对不妥，如果怎样，应该怎样；更不希望将之视为处理职场或是家庭关系的反面教科书。

我一直觉得，生活就是这样，生活中有美好，也有烦恼；有温暖，也有恶意；有光明，也有晦暗……从来如此，并将永远如此。这是我们每个人，或迟或早，都必须认识到的事实，生活就是美好与糟糕混杂在一起，永远拆解不开的一团死结。

美好的人、事和时刻，并不能彻底终结和改变生活中的糟糕之处，它们不会因为任何美好而消失。但是相应的，所有的糟糕之处，也丝毫无损生活美好的一切。永远不要因为生活中必须面对的坎坷、困境、辛酸和恶意，就质疑它的美好温暖，就放弃对它的信心和希望。

事实上，在这一章里，我们的确会看到这对"神仙眷属"背后的苦楚伤痛。但即使如此，他们仍然不离不弃，彼此珍惜扶持。从来没有因生活中的困窘而归咎彼此、伤害彼此，反而极力在世间的狂风暴雨中，为彼此带去更多的温暖与慰藉。

旁观者可以说他们不够聪明理智，不够圆滑世故，情商不够高，处理问题简单幼稚……然而磨难来时，他们没有"各自飞"，而是互相依赖，互相庇护，用他们也许笨拙也许无用的方式，为他们的人生，也为我们的世界，留下了微小然而无比珍贵的人性的光芒，让人对爱情，对家庭，对人生，更多了一点信心。

他们在坎坷愁苦中，极力抓住那小小的一点，闪烁美丽的温情与爱意。

乾隆五十七年（1792年）春天，我在真州谋生，在邗江的父亲病倒了。我前去侍奉，结果自己也病了，于是弟弟启堂就来侍奉父亲。

这时接到芸的来信，说弟弟启堂曾向邻家借钱，因为是邻家女眷经手，便让芸做了保人。（原文是"启堂弟曾向邻妇借贷"，这个比较奇怪，所以我推测应该是邻家有什么顾虑，所以让邻家妇经手这笔钱。）现在邻家向芸要债，要得挺急的。（从后文看，芸的言下之意是问沈复能不能先出钱帮着垫上。）

我就问弟弟，他却怪芸多事。于是我在回信中告诉芸，现在父亲和我都病了，一时钱不凑手，还是等启堂回家后，让他自己想办法解决。

没过多久，父亲和我都痊愈，我仍回真州。但芸还不知，回信仍寄到邗江，父亲就拆开看了。芸在信中说了弟弟借钱之事的详情。

又写道：令堂认为老人此次生病，都是姚姬的缘故，待公公的病稍稍痊愈时，夫君不如悄悄嘱咐姚姬，让她借口想家，我会让她的父母到扬州接她回去，这样大家就都可免担干系了。

父亲看过，十分震怒，立刻问启堂借钱的事儿是怎么回事，启堂搪塞说不知道有这回事儿。

父亲便给我写信，斥责道："你媳妇儿背着丈夫借钱，又栽赃给小叔，还把婆婆称为'令堂'，把公公称作'老人'，简直是有悖人伦！荒谬之极！我已经安排人拿着我的信件回苏州，把她赶

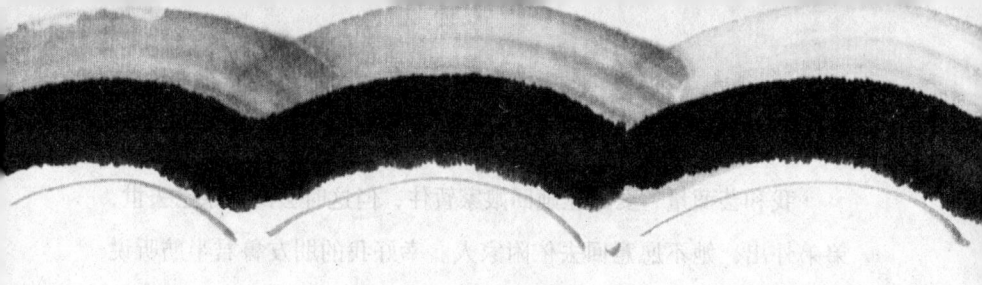

出家门。你要是还有一点天良,也该知道自己错得有多厉害!"

此信就像晴天霹雳,我赶紧回信向父亲认错,又找了匹马飞奔归家,生怕芸一时想不开寻了短见。

到家刚把事情的前因后果说清楚,父亲安排的下人已经回来,带着逐芸出家门的书信,信上数落芸的种种过失,言辞十分严厉决绝。

芸哭道:"儿媳确实言语失当,但是请公公宽恕小女子无知,见识短浅啊。"

过了几天,父亲又写了几行字让人带回家,却是给我的,说:"我不责罚得太过分,你带着你媳妇儿住到外面去,别叫我见着,免得我生气就是。"

我和芸商量，要不让她回娘家暂住，但这时芸的母亲已去世，弟弟外出，她不愿意回去依附家人。幸好我的朋友鲁君半舫听说此事，大为同情，请我俩借住他家的萧爽楼。

两年之后，父亲渐渐知道前事的来龙去脉，正好我从岭南一带回来，父亲亲自来到萧爽楼，对芸说："之前的事儿我都知道了，要不你们还是回家吧。"

得到父母的谅解，我俩十分欢喜，回到家中，骨肉团圆。谁知不久之后，又有憨园之事，让芸伤透了心。

芸一向有出血症，因为她的弟弟克昌出门在外，始终没有回家；她的母亲金氏思子成疾，一病不起。芸经历弟走母死的打击，过度悲伤，便染上此病。

自从认识了憨园，她心中有了个念想，倒有一年时间未再发病。我十分庆幸，觉得憨园或许是一剂良药。然而一年后，憨园被有财有势的人家娶走，听说这家人以千金为聘礼，又允诺供养憨园的母亲冷香。转眼间，"佳人已归沙吒利"。我知道此事后，不敢告诉芸，生怕她伤心，病情复发。后来芸去探访憨园，终于还是知道了，回家后伤心落泪，哽咽着说："怎么能想到憨园竟是这样薄情之人！"

我安慰道："卿卿自是情深义重之人，但憨园身处风尘，彼处之人，何曾有一个知道情之一字是怎么写的！何况自幼锦衣玉食之人，怎能安于咱们家的荆钗布裙，粗茶淡饭。与其等她进门再后悔，生出事端，还不如现在这样未能成事。"

我百般宽慰芸，但她还是自觉被愚弄，深以为恨，旧病复发，来势汹汹，卧床不起，药石无效。这一病就是许久，时而稍好，转头又复发，芸渐渐憔悴，形销骨立。如此一来，我们夫妇的日常开支负担便重了，家中就有人开始议论挑剔。

而父母渐渐知晓此事，却又责怪芸与风尘女子交好结拜，转而更加厌烦她。我只能居中调停各方，当时情形，真是不堪回首，难以承受。

◎ 佳人已归沙吒利

这是唐肃宗时韩翃的典故，就是写"寒食东风御柳斜"的那位诗人，他有爱妾柳氏，安史之乱时为番将沙吒利夺去，后被肃宗判归韩翃。所以后世人们以"佳人已归沙吒利"形容被横刀夺爱。宋代王诜的歌姬被豪门夺去，他就曾写下诗句"佳人已属沙吒利，义士今无古押衙"——"古押衙"是唐人传奇小说中一个行侠仗义，成人之美的侠客，见于薛调的《无双传》。

我和芸有个女儿，取名青君，这时已经十四岁了，读书识字，十分聪颖，既能干且明白事理，这段时间，典当物件，操持家事，都靠这孩子张罗。

我们还有一个儿子，取名逢森，这一年十二岁，正在读书的年纪。

我连年没有生计,只得在家中开了个书画铺子,生意萧条,三天里赚的钱,还不够家人一日花销,一时间焦头烂额,困顿不堪。时值隆冬,棉裘衣物尽皆典当,只能咬牙捱过。可怜青君这孩子,衣着单薄,瑟瑟发抖,还安慰我们说"女儿不冷"。

芸见家中困窘至此,坚决不再请医服药。

恰好有朋友周君春煦,曾是福郡王的幕僚,回到苏州,想要找人绣一幅《心经》。芸这时身体稍好,有时能下床行动,便想着绣经也是功德,可以消灾降福,而且周君给出的报酬也十分丰厚,就接下这活儿。

因为周君不能久留,要得很急,芸竟然只用了十天就把这幅《心经》绣好了。然而身体虚弱已久,骤然间如此劳作,旧疾未去,芸又添了腰酸头晕的种种毛病。莫非薄命如芸,竟不能使佛祖慈悲怜悯一二吗?

自绣经之后,芸病痛加剧,卧床不起,诸般不能自理,家中上下人等都开始将厌烦之色挂在脸上了。

当时在我的书画铺子旁,有一个山西客商租房居住,客商以放贷为生,有时托我画一两张画,于是相识结交。

有朋友向此人借了五十两银子,央求我做个保人。我念着朋友之情,便答应了他。谁知他借到钱后,竟然跑路了,山西客商便抓着我这个保人不放,时时前来索债。

开始我把笔墨文具等给他抵债,渐渐地,家中再没有值钱之物可以偿还。到了年底,父亲回家过年,此人又来索债,在门口咆哮吵嚷。父亲听到了,把我叫到跟前呵斥:"我们读书人家!怎么能向这样的无赖小人借钱!"我正解释分辩之间,下人又来禀报,有芸的结拜姐妹来探病。

芸年少时曾有一个结拜姐妹,嫁到锡山华家,得知她病倒,便差人来探望问候。父亲正在气恼,听闻禀报,以为是憨园那样的"结拜姐妹",更加怒火中烧,说:"你妻不守妇道,和娼妓结拜!你也不思上进,与小人为伍!若要打死你这孽子,我于心不忍。给你三天时间,你自做打算,好自为之。三天后再看到你,我就去告你个忤逆不孝的罪状!"

芸听说后,哭着说:"父亲如此震怒,都是我的罪过。父亲要因此赶走夫君,我恨不能这会儿就死了,只是不忍夫君伤心难过。若要我送夫君避出,我含羞忍恨留在家中,又不放心夫君独自在外。请夫君悄悄把华家来的人叫来,我挣扎着问几句话,再做打算。"

于是女儿青君将芸扶到屋外,芸问华家来人:"你家主母是特意让你来探望我呢,还是你正好有事路过,顺便来看望一番?"

来人回答:"我家主母听说夫人病倒在床,原本打算亲自来探病,只因从未登门拜访,不敢造次,才特意派小人跑这一趟。临行前主母曾殷切叮嘱,如果夫人不嫌我们乡下简陋,不妨到乡间调养身体,也让主母实现年少时与夫人在灯烛之下的约定。"(看来华夫人不仅听说了芸的病况,对芸在沈家的遭际也有所耳闻。)

原来,芸年少时与华夫人一起做绣活儿,两人曾约定日后"疾病相扶"。

芸听闻此言,便对来人说:"辛苦你快些回去,禀告你家主母,两天后悄悄安排一条船过来。"

华家人走后,芸对我说:"华家姐姐与我情同骨肉,夫君若不介意到她家暂避,何不与我同行?只是如果连孩子们也一起带去,未免把人家的好意用得太尽;若是留他们在家中,辛苦连累父母照料,也不合适。咱们得想法子在两天里把孩子们安顿好才行啊。"

我有一个表兄,名王荩臣,他的儿子名韫石。王家一直喜欢青君,想要求娶。芸思忖一番,说:"我听说王家的孩子懦弱无能,将来不过守着家业过活,偏偏王家又没什么家业可守。好在总归是读书人家,而且那孩子是独生子,就把女儿许给他家吧。"

我便对荩臣说:"我父亲与您有'渭阳之谊',您家想娶我青君,想必父亲不会反对。只是我家现今的情形,您也是知道的,本想把这孩子在我们膝下多留几年,现在看来是不行了。我们夫妇去锡山之后,请您将求娶之事禀告我父亲,并将青君先接到您家,抚养几年,再给孩子们完婚。不知您意下如何?"

荩臣十分高兴,答应一一照办。

当此情形,儿子逢森的学业也难以为继了。我便又托朋友夏君揖山,推荐逢森去学经商。

◎ 渭阳之谊

《诗经·秦风·渭阳》曰：我送舅氏，曰至渭阳。因此古人以"渭阳之谊"代指舅甥之间的情意，王是沈复表兄，故有此言。

就这样，把一双儿女安排停当。华家的船恰好也到了。

此时是嘉庆五年（1800年），腊月二十五日。

芸对我说："如此孑然出门而去，不仅会被邻里嘲笑，而且山西客商的那笔款项还没有着落，只怕他也会追着不放。我们不如明早五更（相当于现在的三四点钟）时分悄悄离家。"

我担忧："清晨寒冷，卿卿还在病中，那时出门没有关系吗？"

芸叹息道："生死有命，此时也不必多虑了。"

我私下将这安排禀告父亲，他也认可。

那天晚上，我们先安排人挑半担行李到华家的船中，又让逢森先睡下。青君懂事，靠在芸身边落泪，芸叮嘱道："你娘命苦，人也太痴，所以有此番流离之苦。幸而你父亲待我太好，此去有他相伴，女儿不必牵挂。两三年之间，必定安排布置，让咱们一家骨肉团圆。今后王家就是你家了，你到家中，要恪尽妇道，不要和你娘似的。好在你的公公婆婆一直看重你，以娶到你为幸事，一定会善待你。"

又说:"家中留下的箱笼家具,都交给你,尽可带去王家。只是你弟弟还小,所以这些事儿都没告诉他,只是说爹带着娘看病去了,过几天就回来。待我们远去,你再缓缓把事情真相和我们的安排告诉逢森。关于逢森学商的事儿,也要辛苦女儿,酌情禀告给你祖父知晓。"

当年我和芸租她家屋子消夏的那个老妈妈,此时也在身边,她愿意送芸到锡山。听闻这番话,老妈妈不停地擦着眼泪。

眼看要到五更天了,热了一锅粥,我们和女儿分食。芸忽然微笑着说:"当年与夫君相聚一碗粥,今日告别家中,又是一碗粥。如果我俩的故事被人写成传奇,可以叫作《吃粥记》了。"

此时逢森听到声音,也从床上起身,喃喃地问:"娘要去哪儿?"

芸安慰道:"娘出门看病去。"

逢森又问:"为何这么早?"

芸强作镇定,答道:"路太远了,所以要早些出门。在家和姐姐乖乖的,不要讨你们祖母的嫌。你爹和娘一起去,过几天就回家了。"

这时传来鸡鸣声,芸强忍泪水,扶着老妈妈起身,刚到后门,逢森忽然大哭起来:"呀!我娘不回来了!"青君怕惊动他人,赶紧捂住他的嘴,轻声安慰。此时,我和芸肝肠寸断,一句话都说不出,只能劝慰孩子们"别哭"而已。

离家而出,女儿把家门在我们身后合上。

芸走出小巷,不过十几步,就已经疲惫得无法迈步。让老妈妈提着灯，我把芸背在背上。将到船边时，遇到巡逻的人，幸而老妈妈说芸是自己的女儿，生病了，我则是她女婿，又有船上的华家来人闻声接应，我俩这才登船。

船开动之后，芸这才失声痛哭。仿佛知道这一去，与儿女便成永别。

华家在锡山东边的高山，面山而居，世代务农。主人华大成，为人极为朴实厚道，华夫人姓夏，就是芸的结拜姐妹。

那天直到中午，和芸才到华家，华夫人早已倚门等候，牵着她的两个女儿接到船边，与芸相见，欢喜非常。扶着芸上岸回家，招待周到殷勤。四方邻里的妇人孩子们都拥到华家，围着芸打量问候，有的致意，有的怜惜，交头接耳，满屋子都是人声。

芸笑着对华夫人说："我这是打渔人进了桃花源啊。"

华忙说："妹妹别笑话，我们乡下人就是这样，少见多怪嘛。"

大家相视一笑，至此，与芸在华家安定下来，从容过年。

在华家不过二十天的时间，芸已经能起床稍稍走动了。

元宵节时，在打麦场看龙灯，芸的气色状态颇好，似乎有望恢复，我这才略觉得安心，便与芸商量："此间虽好，我却不便久留，想要出去找点事儿做，却囊中羞涩，如何是好？"

芸说："我也在盘算这事儿。夫君可听说你姐夫范君惠来，现在在靖江盐公堂当会计。十年前，他曾向夫君借十两银子，恰好你那时手头钱不够数,我当了一支簪子,凑够了数目。夫君还记得此事吗?"

我老实承认:"不记得了。"

芸又说:"听说靖江离这里不远,夫君不如去一趟?"

我们就这么商议定了。

第二天是嘉庆六年(1801年)正月十六日,我离开华家前往靖江。这时虽是冬日,但天气很暖和,穿着织绒长袍,哔叽呢短褂,还觉得挺热的。当晚我住在锡山一家客栈里。

◎ 高山

无锡方言,"高""胶"同音,此处当为"胶山"之误。

◎ 盐公堂

清代官营的盐店,或者官许私营的盐店,叫作"盐公堂"。

◎ 哔叽呢

当时已有毛织衣料,名为"哔叽",即是英文"serge"的音译,亦称"西洋哔叽"。

到了次日清晨,我搭上前往江阴的航船,一路逆风而行,不久就下起小雨,当晚到了江阴渡口,已经是春寒刺骨。我买了点酒御寒，花掉了身上最后一个铜板。在渡口徘徊踌躇了一个晚上，打算把里面穿的衬衣当掉，凑钱作船费渡江。

不料十八日下起了雪，我被困在江阴渡口。到了十九日，北风更猛，雪越下越大，我不禁灰心落泪。暗暗盘算房钱和船钱，再不敢喝一口酒。

正在冻得发抖，心灰意冷的时候，一个老翁，穿着草鞋，戴着毡帽，背着一个黄布包袱走进店来。打量了我一会儿，仿佛认得一样。

我忽然想起他来，忙问："老先生莫非是泰州人，姓曹？"

老翁回答："正是。当年若不是您出手相助，我这把老骨头早就填到沟里去了。现今我女儿也很好，时时念诵您的大恩大德。没想到今天在这里遇到您，您为何逗留在此啊？"

原来，这位曹翁家原本贫贱，有个女儿姿色出众，已经许了人家。却有一个财大气粗的放贷人看中了他女儿，设计了一场官司构陷他。当时我在泰州做幕僚，从中调停，对老翁多有回护，他女儿也得以顺利出嫁。曹翁则投身官府做了个差役，还曾特意来向我磕头道谢。

我便把自己一路的遭遇告诉了曹翁。曹翁说："明天应该就能晴，我正好顺路，就送您到靖江吧。"说着他买来酒菜请我，周到热情，我心中稍安。

第二天清晨，晓钟敲响时，我听见渡口有人招呼大家上船，惊醒起床，喊曹翁赶快动身。曹翁说："别急别急，吃饱了才好出发。"于是代我出了房钱，又拉我出门吃饭。

在江阴渡口逗留多日，我已经急不可耐，食不下咽，勉强吃了两个烧饼。到了船上，冰冷的江风就像一支支利箭射过，我冷得四肢发抖。曹翁又说："我听说有个江阴人在靖江寻了短见，他妻子雇这条船赶过去，所以要等她来了，才会开船。"我又饿又冷，苦苦等到中午，船才起航，到了靖江，天色已经晚了。

曹翁说："靖江有两处盐公堂，不知您亲戚所在的那家，是在城外还是城内？"我踉踉跄跄跟在他后面，说："我实在不知道是内是外。"

曹翁便说："那我们先住下来，明天再打听。"等进到旅店，我的鞋袜已经湿透，沾满淤泥，只得先要火烘烤鞋袜，然后随便吃了点东西。

我疲惫已极，倒头就睡。第二天早晨起来一看，袜子被烧掉了半截。

曹翁又代我出了房钱饭钱，和我一起打听到惠来在城中盐公

堂，寻访而去。

这时惠来还没有起床，听说我到了，忙披上衣裳赶出来，见我的模样，惊讶地问："怎么搞得这么狼狈？"

我说："先什么都别问，借我点钱，我要答谢一路送我来的人。"

惠来便掏出两枚外国银元给我，我转赠曹翁作为答谢，曹翁坚决不收，推让再三，他收下一枚，告辞而去。

我这才把一路上的遭遇，以及此来的目的，一一告知。

惠来为难地说："就算不是欠着旧账，做姐夫的也应该极力帮衬你。但我们这儿新近出了桩海盐船被盗的事儿，正在严格盘账，没法挪移出多少钱来。只能努力筹措出二十块银元，抵偿旧债，如何？"

我本来就没有指望他如数还钱，就答应了。

惠来又留我住了两天，天气转晴回暖我就动身回家。回到华家，已经是二十五日了。

芸忙问："夫君途中遇到雪了吗？"

我把沿途的辛苦慢慢道来，芸不禁凄然："下雪的时候，我还以为你已经到了靖江，谁知还阻留在渡口。幸亏遇见了曹翁，绝处逢生，这真是吉人天相啊。"

◎ 银元

清代外国银元与银子的兑换比较复杂。银元看成色，乾隆时期普遍可兑换1000文左右，从沈复后文看，彼时一枚外国银元兑换700多文。而银子与铜钱的兑换也是浮动的，最高时甚至达到10吊钱一两银子，即一万文。不管怎样，十年前借十两银子，十年后还二十个外国银元，确实不算厚道。

过了几天，又收到女儿青君的来信，得知逢森已经开始学生意，青君的公公荛臣也禀告过我父亲，于正月二十四日将青君接走。

儿女之事，至此总算是安顿停当。只是一家人就此骨肉分离，还是让我和芸感伤不已。

到了二月初，风和日暖，用靖江要回的旧债置办行装，我与芸告别，到邗江盐署拜见老朋友胡君肯堂。邗江贡局众人请我加入，做些文书工作，总算是安顿下来，有了生计。

如此与芸分隔两地，直到第二年八月。芸来信告知病已经痊愈，又说："寄居在非亲非故的人家，总觉得不是长久之计，唯愿去邗江陪伴夫君，并一睹平山瘦西湖的美景。"

我就在邗江先春门外租了两间临河的小屋，到华家接芸来聚。华夫人还送给我们一个叫阿双的小厮，帮忙做家务。并与芸订下将来两家结邻而居的约定。

芸到邗江，已经十月，凄风苦雨，便未能出游。我们便商量着待到春暖花开，再饱览邗江各处风景。此时我一心想的是芸能够宽心适意，调养身体，然后再慢慢筹划把儿子接来，并时时看顾女儿，一家人重享天伦。

谁知不到一个月，贡局忽然裁员一半，我是朋友的朋友推荐而来，自然立刻赋闲在家。

芸开始时还想方设法为我筹划，并强作欢颜宽慰我，未尝有一句怨言。

这样支撑到了第二年春天，芸旧疾复发，来势汹汹。我只好盘算着再去靖江向姐夫索债求助。

芸说："姐夫上次就多有推搪，求情不如求友。"

我说："这话没错，只是朋友们虽然关切，但现在他们也都没什么差事，自顾不暇。纵然为难，还是得去求情。"

芸便说："幸好此时天气已暖，不必再担心遇到风雪阻隔。夫君快去快回，千万不要挂念我的病。若是因为担忧我而伤了身体，我的罪过就更重了。"

这时，我们的一点节蓄已经见底，我怕芸担心，假装雇了骡子前往靖江，其实是背着干粮徒步而去。

一路向东南方向走，两次渡河，走了八九十里，四面望去，没有一个村落。又走了一个时辰，天色渐暗，只见周遭黄沙漠漠，天上明星闪闪。好容易找到一个小小的土地祠，大概高五尺（约等于1.5米），围着一圈矮墙，种着两棵柏树。

我便向神像叩头祷告："苏州沈某投靠亲友，途中迷路到了这里，只希望借贵地捱过一夜，请神明怜悯宽恕。"

于是把神像前石制的小香炉挪开,探身进祠中。这个土地祠极小,我只能半坐其中,膝盖以下还在外面,但也顾不得这些,用风帽盖住脸,闭上眼睛,只听见微风萧萧拂过,四围再无声息。我疲累已极,不觉昏昏然睡了过去。

醒来时天色已经大亮,我听见矮墙外有脚步声和说话声。赶紧探身出去,原来是一群赶集的当地人经过此处。向他们问路,告诉我往南走十里就是泰兴县城,穿过县城往东南走,每十里路边有一个土墩,经过八个土墩就到靖江了。还告诉我这一路都是康庄坦途。

我便回身把神像前的香炉摆好,向土地公叩头致谢。

到了泰兴,又遇到便车可搭,很快就到了靖江。往惠来所在的盐公堂投了名刺求见,过了很久,守门人才回复说:"范老爷有公务往常州去了。"

我看他的言辞神色,似乎有推脱搪塞之意,便问:"那他何时回来?"

回答:"不知道。"

我就说:"就算要等上一年,我也得见到范老爷。"

守门人知道我的心思,私下问我:"您和范老爷是嫡亲郎舅吗?"

我回答:"如果不是嫡亲关系,就不在这儿傻等了。"

守门人就告诉我:"那您不妨多等几天。"

过了三天,惠来总算"回来"了,这次他筹措了二十五两银子,借给我救急。

◎ 名刺

又称"名帖",古代拜访时通姓名用的名片。

我急忙雇了匹骡子赶回邗江,回家只见芸满脸愁容惨淡,嘤嘤哭泣。见我回来,冷不丁地问:"夫君可知道,昨天中午,小厮阿双卷了家中财物跑了!我正请人到处搜寻,丢失些钱财是小事,这孩子跟我们到邗江,临行前他的母亲曾再三拜托我好好照顾他。就算他打算逃回家,途中还有大江阻隔,让人担心。即便他顺利逃回家中,万一他父母起了坏心,把他藏起来,却向我们要人,那可如何是好!我又有什么脸面见结拜姐妹啊!"

我赶紧安慰她:"先别急,卿卿想多了,若我俩是有钱人,他父母或许会起心把孩子藏起来讹钱,但大家都知道你我夫妇身无分文,只有两肩担一口,实在没啥好讹的。何况这厮跟了我们半年,吃穿从未短过他的,也从未稍加呵斥,更谈不上打骂,邻居都可以作证。实在是他丧尽天良,见我们遇到困境时自己跑了。

下篇 浮生

就算是华夫人,她若知道,只会惭愧自己误将不良之人赠给我们,是她无颜见卿卿啊,卿卿怎么会没有脸面见她呢?现在我们到县衙报个案,以绝后患就可以了。"

听了我的话,芸似乎稍微安心释然,但从此以后,常常在梦中呓语,不是喊"阿双跑了",就是喊"憨园为何辜负我",病势日渐沉重。

我急着张罗给她看病,芸却不肯,她说:"妾身病倒,只因弟弟下落不明,母亲去世,实在悲伤难耐。继而遭逢情感变故,激动悲愤。加上平时思虑太甚,满心希望做夫君家的好媳妇儿,偏偏种种努力却总是落空。以至于头晕目眩,神思不属,诸般病症都跟了上来。妾身自知病入膏肓,纵有良医也束手无策,还请夫君不要再在我身上浪费钱财了。

"回想我嫁给夫君这二十三年,万幸得到夫君的欢心错爱,百般体贴珍惜,不因为我的笨拙错漏而嫌弃。夫君于我,不仅是夫婿,更是知己。能够嫁给夫君,夫唱妇随这些年,此生已经没有什么遗憾了。

"何况曾有那么多好时光,虽布衣蔬食,却饱暖无忧;虽居斗室,却逍遥快乐。更有幸与夫君悠游林泉之下,山石之间,至于沧浪亭畔、萧爽楼上的日子,虽是人间烟火,却是神仙境界。

"须知几世劫难,才能修成神仙。我辈何人?却能窥见神仙境界,这不是太过分了吗?已经窥见神仙境界,却还奢望白头到老。

莫非造物也觉得我们太奢求，才有种种情感困扰，坎坷离合。可叹夫君如此多情，妾身却这样薄命。"

说话间，芸的声音已经呜咽："人生百年，终有一死。只是未能相伴终生，中道永别，不能再陪伴服侍夫君左右，也不能看到咱们的儿子娶妻生子，这份遗憾，实在是放不下啊！"

说着，她泪落如雨。

我只能强忍酸楚，安慰道："卿卿病了八年，几次衰弱欲绝，不也都绝处逢生了吗？怎么今日忽然说出这样的话，让人断肠。"

芸说："一连几天，我梦见父母派船来接我，一闭上眼睛，就觉得飘飘然如在云雾中行走，忽上忽下，这难道不是灵魂将要离开这残躯而去的征兆吗？"

我仍不肯相信："这是卿卿神思不属，精神恍惚，只要好生吃药，静心调养，就能痊愈。"

芸叹息道："妾身但凡有一线生机，断然不敢用这样的话语来惊扰夫君。如今大限将至，几句话再不说，就没有机会说出了。夫君失去父母欢心，颠沛流离，都是被我连累了。我死之后，父母之心定可挽回，夫君也可再无牵挂。父母年纪都大了，所以我死之后夫君要早早归家。若没有能力带我回乡安葬，不如就先把棺木寄放在这里，来日再做安排。还希望夫君能再娶一位德容兼备的好女子，侍奉父母，抚养咱们的儿子，我则死而无憾。"

说到这里，我与芸都只觉肝肠寸断，相对凄然泪下，痛不欲生。

我说："若卿卿真弃我而去，我此生绝不再娶。'曾经沧海难为水,除却巫山不是云'。"

芸握住我的手,似乎想要说什么,却只能断断续续地重复"来生"二字。忽然之间,一阵喘息,口不能言,双眼直直地看着我。我千呼万唤,却没有回音,唯有两行清泪,顺着她的面颊缓缓淌落,气息随之渐渐微弱,眼泪也一点一点地干了。

芸最后一线生气,化为缥缈,就此离开了人世。

那是嘉庆八年(1803年)三月三十日。

与芸永别,只有一盏孤灯为伴,举目无亲,两手空空,肝肠寸断。<u>绵绵此恨,曷其有极</u>!

◎ 曾经沧海难为水,除却巫山不是云

出自唐代诗人元稹著名的悼亡诗《遣悲怀》——

曾经沧海难为水,除却巫山不是云。

取次花丛懒回顾,半缘修道半缘君。

◎ 此恨绵绵,曷其有极

"此恨绵绵"化用白居易《长恨歌》最后一联——

天长地久有时尽,此恨绵绵无绝期。

极言爱侣永别之痛。

"曷其有极"的意思是"什么时候才是尽头"。

原句出自《诗经·唐风·鸨羽》,"悠悠苍天,曷其有极!"后来韩愈在他那篇著名的《祭十二郎文》中化用,"彼苍天者,曷其有极。"

生死离别之际，人同此心，心同此理，都会发出这样的呼喊。

幸得朋友省堂慷慨相助了十两银子，我又将所有略值钱的家伙什儿变卖一空，尽我所能为芸操办后事，亲手将她放进棺木。

每念至此，不禁长叹。芸虽为女子，胸襟、才华、见识不输男儿。嫁我之后，我终日为衣食奔走，艰难度日，芸却细心体贴，温柔慰藉，一点也不在意我的狼狈落魄；日常家居也只是与我谈论文字风月，从不用柴米油盐的生计琐事来为难我。最终却疾病缠身、颠沛流离，直至含恨而逝，这是谁的过错啊？而我在这二十年中，辜负闺房知己，一生挚爱之处，又太多太多，从何说起。

劝诫世间夫妇爱侣，固然不可彼此冷淡仇视，但也不可过于情深意切，缠绵恩爱。俗话说得好，"恩爱夫妻不到头"。我和芸的故事，就是前车之鉴啊。（这真是非情到极深处不能作的悲愤语，却以平淡告诫的口吻道出，倍增伤感。）

传说"回煞"之日，亡魂将随着'煞'回归故宅，所以家人会把屋子收拾得一如亡者生前，并将旧日衣裳铺在曾起卧的床上，连鞋子也要在床下放好，以待亡魂在家中最后流连徘徊一番，吴地将之称为"收眼光"。还要请道士做法，先将亡魂招到床头，而后将之送走，这又叫作"接眚"。

邗江这边的老规矩，这一天在死者的房间中摆好酒菜，然后全

家人避出,叫作"避煞",还曾有人家因为"避煞"而使得家中被盗。

芸"回煞"的日子,房东一家因为与我们同居,所以也全家避出。邻居都嘱咐我摆好酒菜就行了,一定要出门"避煞"。我心里存着小小的希冀,指望在"回煞"之日再见芸一面,所以只是搪塞应对。

同乡张君禹门看出我的心思,劝我说:"这种鬼神之事,宁可信其有,不要轻易涉身其间而招致诡异之事,还是出门避一避为好。"

我回答:"就是抱着'宁可信其有'的心思,我才想要在家里等她,不忍心出避啊。"

禹门继续劝道:"如果'宁可信其有',那世人都说回煞之日,亡魂随'煞'而来,对活着的人多有妨碍。即使夫人芳魂归来,也已与君阴阳两隔。我只担心你一心想见的却触碰不到,本应回避的却撞个正着。"

但我一点痴心总不肯止息，咬牙道："生死有命，我决计不回避。"

禹门便说："那我就在门外守着，情形若有异常，你赶紧喊我。"

于是，我回到和芸栖居的屋中，只见陈设依旧，但那人的音容笑貌已经消逝，不禁悲从中来，泪如泉涌。又担心泪眼模糊，不能看到归来的亡魂，于是睁大眼睛，强忍泪水，坐在床边等着。一边轻轻抚摸芸留下的衣裳，仿佛还有往昔的香气萦绕，只觉得满腔柔情而肝肠寸断，恍惚之间意识渐渐模糊，忽然又惊醒，自己是来等着与芸再聚一回，怎么能睡过去呢？

心念至此，努力睁开眼睛，环顾周遭，只见桌上的一对蜡烛，烛光转为青色，荧荧闪烁，忽然间火焰收缩，只剩一点豆大的微光。我顿时觉得毛骨悚然，通体冰凉，赶紧摩擦双手，又擦了擦额头，定睛再看，那一双烛焰又渐渐升腾起来，竟然有一尺多高，几乎烧到了用纸裱糊的顶格。

我正借着这光亮四下察看，烛光忽然又缩成小小的暗光，一时间，只觉得心跳怦怦然，双膝颤抖，几乎要喊门外的禹门了。却又转念一想，芸的魂魄想必也如她生前一般柔弱，若是生人进屋，阳气太盛，岂非会惊吓到她。便只是悄声喊着她的名字，心中默默祝愿祈祷，一时间满室寂静，什么也没有看见，而烛光也恢复正常，再也没有收缩或腾起。

过了片刻，我走出门外，把方才的经历告诉禹门，他连声说我胆大。但我知道，我并不是胆大，只是一点痴情怎么也无法放下。

芸去世之后，想起林和靖"梅妻鹤子"的典故，我取了一个号——"梅逸"。按照芸的遗言，我在扬州西门外的金桂山，俗称"郝家宝塔"的地方，买了一处墓地，暂时把她葬在这里，而后抱着她的牌位回了故乡。

◎ 顶格

古代装饰房间，用木板或纸把屋顶的椽瓦遮起来，叫作"顶格"，相当于今天的天花板。

◎ 梅妻鹤子

宋代诗人林逋，字君复，谥号"和靖先生"，所以后人称为"林和靖"。他隐居杭州西湖孤山，所居之处遍植梅花，放养仙鹤，终身不仕不娶，自称"梅妻鹤子"。至今西湖仍有"林和靖先生墓"与"放鹤亭"。

林留下的诗作不多，其中最有名的一首《山园小梅》被称为咏梅的"千古绝唱"——

众芳摇落独暄妍，占尽风情向小园。

疏影横斜水清浅，暗香浮动月黄昏。

霜禽欲下先偷眼，粉蝶如知合断魂。

幸有微吟可相狎，不须檀板共金樽。

母亲得知芸去世，为之悲恸哀悼。青君和逢森都回来为母亲服丧，一家人相对痛哭。

弟弟启堂对我说："父亲对大哥余怒未消，大哥还是先回扬州（邗江在扬州）避一避吧。等父亲回家，我们婉言劝解，之后再把大嫂的棺木接回来，好好安葬。"

于是我痛哭一场，拜别母亲，与孩子们告别，只身回到邗江，靠卖画维持生计，形单影只，凄凉难言。唯一可以慰藉的是，时时能到芸的坟头洒泪祭拜。偶尔路过我们的旧居，物是人非，伤心之处更是难以向他人言说。

重阳日，我再次来到墓地，秋风萧瑟，周围坟头的草木都已枯黄，唯有芸的坟墓，依然一片青绿。守墓人对我说："这块墓地风水好、地气旺，所以草木不枯。"

我便在坟前默默祈祷："秋意渐凉，我连寒衣都无从置办。卿卿有灵，请保佑我得到差事，度过今年，好等待家乡的消息。"

没过几天，江都县府的幕僚章君驭庵回老家安葬亲人，请我代班三个月，得以安排过冬事宜。

驭庵回来后，我交接了差事，又闲了下来。禹门接纳我到他家住下，但这时禹门也赋闲在家，手头艰难，找我商量借钱。我就把最后的二十两银子借给他，并说："这笔钱本打算扶亡妻的灵柩回乡，但现在家中全无消息，等到有消息来您再还钱不迟。"

这一年我就困守禹门家中，朝夕盼望，始终没有家中的消息。

到了第二年，也就是嘉庆九年（1804年）三月，我接到女儿青君的来信，说父亲病倒。立刻就想回家探望，又担心父亲仍然余怒未消，此去反而触动他的怒火，不利病体。

正犹豫未决之际，又接到青君的急信，告知父亲已经去世。我只觉得天旋地转，痛彻心扉，锥心刺骨，追悔莫及。一时根本无暇他计，连夜奔回家乡，在父亲的灵前叩头直至额头出血，痛哭失声。

呜呼哀哉！父亲一生辛苦，常年奔走他乡。我实在不孝，既没能承欢膝下，也未曾侍奉在病榻前，愧为人子，罪无可赦，此刻只能痛哭懊悔。

母亲看到我，也大哭起来："我儿怎么到今天才回来啊！"

我哭着说："收到青君的信，儿子就连夜赶回来了。"

母亲听了这话，看了我的弟妹一眼，但终于还是什么也没有说，只是默默垂泪。

我在父亲的灵前守了七天，没有一个人告诉我现在家中是什么情形，也没有人和我商量葬礼上的一应事宜。我惭愧自己未能在父亲生前尽孝，也无颜询问，唯有日日在父亲的棺木前痛哭懊悔。

却有一日，忽然来了一群人向我索债，闯进门来，吵闹不已。我从灵堂出来，对他们说："是我欠债未还，你们找来也有道理。但是家父灵柩还停在堂前，在这种时候追债，还如此大呼小叫，也未免欺人太甚了。"

其中一人也觉得不平，便悄悄对我说："是您家有人找我们上门生事儿，先生不妨先外出避一避，我们就找那人说话。"

我摇头道:"我欠下的债务,我自当偿还,但现在家中情形特殊,还请你们快回去吧。"

这群人便离开了。

我回到家中,找来启堂,对他说:"我这个做哥哥的,虽然没出息,但自问从未起过歹意,做过恶事。我知道你一直在意父亲把我过继给了堂伯父素存公。但这所谓的'过继',只是让伯父有个后人供奉香火,并没有一丝一毫遗产落到我手中。何况我这次回来奔丧,只是尽人子的孝道,哪里是为了和你争夺家产!男儿贵自立,弟弟你放心,我两手空空地独自归来,自然也两手空空地独自离开!"

说罢,我回到灵堂中,不禁放声痛哭。又向母亲叩头告别,并来到女儿身边,告诉她我打算从此归隐山林,清心修道了此余生。

青君正在苦苦劝慰之时,夏家两兄弟揖山和淡安来了,听闻此事,厉声对我说:"家里出了这种事儿,确实让人愤怒灰心。但你也不想想,令尊刚刚辞世,令堂还要你奉养照顾;嫂夫人也已经不在了,但逢森还待你抚养成人,为他娶妻成家。你就这么撒手走了,于心何安!"

我不觉颓然:"家中已无容身之地,何去何从?"

淡安慨然说:"不如先到我家暂住,我听说咱们的老朋友石君琢堂,

近期要告假回乡一趟,到时候不如去投靠他,他那里总会有你的一席之地。"

我犹豫道:"家中丧事未满百日,怎能去贵府打扰,何况府上老人们都还在世。"

揖山说:"这邀请也是家父的意思。但如果兄台觉得确实不方便,我还有一个主意,在我家旁边有个寺院,住持和我关系很好,不如先安排你到寺中暂住,怎样?"

我便答应下来。青君却说:"祖父留下的房产财物,算下来也有三四千两银子了。父亲已经分毫不取,难道自己留在家中的东西也不要了吗?父亲先跟夏伯父去寺院,我去把您的行李物件收拾好,给您送过去。"

在女儿的周旋下,我拿回了自己的行李物件,还有父亲留下的几本书籍、几件文具,以作念想。

在寺院里,我暂住大悲阁,此处朝南,东边安放神像,西边顶头隔出一间,有采光窗,正对着佛龛,本来是作佛事的人们进斋饭的地方。我就在这里起居。门口有一尊关公提刀的立像,极其威武。院子里还有一棵银杏,树干足有三围,浓密的树荫遮蔽天日,夜深人静,风吹过树梢的声音仿佛呼啸。

揖山常常带着酒菜瓜果来与我对饮,曾问:"兄台一个人住在这里,深夜清醒时不觉得害怕吗?"

我说:"我一生坦诚质朴,从没有一点坏心,怕什么呢?"

没过多久，苏州城大雨倾盆，连着下了三十多天，我担心银杏树枝在暴风雨中断裂，压断房梁，使屋子倒塌。幸而神明保佑，安然无恙。那些日子，我就在寺中为僧人们作画，全然不知外面倒塌房屋无数，城郊的田地都被淹没。

到七月初，天气才转晴。揖山的父亲莼芗公，有笔生意要去崇明岛，请我陪同，并做一些文书工作，给了我二十两银子的报酬。

回到苏州，正是父亲下葬的日子。启堂让逢森来找我，说他操办父亲的葬礼，手头没有钱了，要我帮衬一二十两银子。我本来打算把囊中的二十两银子都给他，揖山坚决不许，帮我出了一半。

葬礼上，我一直带着女儿，默默祭奠祷告。之后仍然住在大悲阁，没有回家。

到九月末，揖山又请我和他一起，到东海县永泰沙（在今江苏北部连云港市）他的庄子上收租，来去一共两个月，回来后已经是岁末。夏家兄弟又力邀我到他们家的雪鸿草堂过年，这些朋友们，才是我真正的兄弟手足啊。

嘉庆十年（1805年），石君琢堂从京城回乡。

琢堂名韫玉，字执如，琢堂是他的号，和我是发小。他是乾隆五十五年（1790年）恩科的状元，外放到四川重庆为知府，适逢白莲教叛乱，琢堂以一介书生，领兵三年，功劳卓著。

和琢堂见面，我们都很高兴，只是他很快就要带着家眷再回四川重庆，便邀请我和他同行。我到九妹家中向母亲告别，九妹嫁到陆家，妹夫名尚吾。因为父母的故居已经卖给别人，母亲暂时寄居在九妹这里。

我叩别母亲，她殷切叮嘱："我儿此行一定要争气，你弟弟是靠不住了，重振咱们沈家的希望，全在我儿身上。"

逢森一路送我，恋恋不舍，直到我嘱咐他回家，不要再送了。逢森忽然泪落如雨，我也伤感无限，父子依依作别。

琢堂的船出了京口，忽然绕道往扬州，去看望他一个老朋友，在淮阳盐署任职的王君惕夫，我幸而能够再次到芸的墓前，和她作别。

之后我们沿长江逆流而上，一路游览名胜古迹。到了湖北荆州，忽然得到消息，琢堂升了潼关道台。于是他把儿子敦夫和其他家眷留下，暂时寄居荆州，让我陪同照应，而他带着少量随从，轻骑赶赴重庆，准备从成都走栈道往潼关赴任。

到了第二年二月，我才随琢堂的家眷由水路前往潼关，到了樊城弃舟登岸，路途遥远，耗费颇多，马匹倒毙、车辆损坏之事时有发生，艰苦非常。

好容易到了潼关，才过了三个月，琢堂又升为山东按察使。琢堂为官廉洁，两袖清风，没法这么快把亲眷再带到任上，只能暂时将他们安置在潼川书院，仍然留我照应。

到了这年的十月末，琢堂手头略宽裕，才派人来接亲眷。来人带来书信，其中有一封是青君写给我的。

◎ 道台

原文是"观察",清代无此官衔,是当时对道台的尊称,而道台是介于巡抚、总督和知府之间的地方长官。

◎ 山东按察使

原文为"山左廉访",山左即山东,"廉访"是按察使一职的别称,清代按察使隶属于各省总督、巡抚,为正三品,负责一省的刑名事务。

看了青君的信,我如五雷轰顶,原来就在今年四月,我的儿子逢森夭亡,这孩子只有十八岁啊。

这时回忆起此来途中,孩子潸然泪下的情形,难道那个时候,他就已经预感到我们父子也将永别吗?

我和芸只有逢森这一个儿子,竟然也天不假年,女儿青君已作人妇,我死之后,年年岁岁,还有谁来祭奠我们,传续我们的血脉呢?想起来就让我心痛不已啊。

琢堂听说了这噩耗,也为我叹息不已。

为了安慰我的寂寞,琢堂送给我一房妾氏。

人生如梦,眼前新人,于我而言如在梦中,只是我也不知道,我的这一场梦又要到何时才能醒。

有所感

　　这一章，实在是太折磨了。

　　平心而论，沈复的文字只是平实，有时还略有些散乱无据，他的天赋似乎更多地表现在绘画、书法和篆刻上，而在文字中始终有某种稚拙之感，一如他在生活中一般。

　　但正是这样质朴得有些稚拙的文字，将亲身经历。个中酸楚痛苦，以朴实哀婉、不加修饰的方式娓娓道来，就有一种直击人心的力量，让人随着他的经历或悲或喜。

　　这文字是如此的真实，有时候甚至让人不能承受。在芸离世之后，沈复的人生仍要继续，那是两百多年前属于他的人生。无论后世的读者多么不忍、不舍、不甘心，但人生就是如此。

　　时光流逝，悲伤会渐渐褪色，痛苦会缓缓卸落，鲜明而痛苦得不能碰触的音容笑貌，会化作回忆中温暖模糊的画面，而活着的人还要继续活下去，继续在世间的悲欢离合中辗转，仍然有着爱恨嗔痴的能力……也许这才是生离死别中最伤感无奈的部分。

　　这也就是为什么，我们总是向传说和传奇中去寻求持续一生的思念与悲伤。

　　但有的时候，我也觉得，这才是人生能够给人希望和慰藉的地方。

　　痴情如芸，曾如此执着地要一个与沈复的来世，而在临死之前，她仍然希望，在自己死后，还有人能代自己照顾他，陪伴他，慰藉他。

多情如沈复，知道自己仍将继续在尘世梦境中辗转，但在他心底，永远有最温柔最珍重的地方，留给此生的知己与最爱，这就足矣。

而作为百年后的读者，我只希望那些温柔痴情的灵魂，最终都能得到善待与安宁。世界之大，诸般无常，但总有地方，容得下一点爱与温暖吧。

浪游记快

卷四

　　我半生奔波游历，足迹遍及天下，只有四川中部、贵州中部和云南还未曾去过。只是所到之处，往往追随他人行程，行色匆匆，纵然有山水怡情，更多的时候却如过眼云烟一般，只能观其大概，无暇探寻领略幽微偏僻之处的胜景。

　　偏偏我又喜欢事事独出心裁，坚持己见，不爱人云亦云。即使是品诗论画，也总存着"人珍我弃，人弃我取"之意，游山玩水更是如此。我总觉得，所谓"名胜"，在于各人观感心得。有些虽然盛名之下，却没有什么特别佳妙动人之处；而有些虽然寂寂无名，却自有幽微美妙之处，不是"名胜"却引人入胜。

　　所以我想要把生平经历的"胜景"，在这里一一记下。

我十五岁时,父亲做山阴知县赵公的幕僚,我随侍父亲身边。当时杭州有位赵先生,名传,号省斋,学问很好,名气很大,赵公请他到山阴,教孩子们读书。父亲也让我拜到赵先生门下求学。

闲暇之时,我曾随大人们出游,到吼山(在绍兴越城区皋埠镇,原名"犬亭山",又名"狗山",后改为"吼山",风景奇秀)。此山离山阴县城十余里,没有道路可通。

到了山边,就看见一个石洞,上面有一片横石,裂痕宛然,仿佛马上就要掉落下来。划船从这片石头下进入山洞,豁然开朗,四周都是悬崖峭壁,中间空旷敞亮,俗称为"水园"。

水边建有五间石头亭阁,对面的石壁上刻着"观鱼跃"三个字。目测水并不深,传说水中有大鱼。我投了点鱼饵到水里,却只有不到一尺的小鱼跳出来吃食。

石阁后有路,直通另一处的"旱园",园中拳头大小的石头丛生矗立,有的横阔如手掌,有的呈石柱状,顶端平坦,顶着大石,人工斧凿的痕迹清晰可见,让我觉得索然无味。

游玩之后,大家在水边石阁中饮宴,下人们放起鞭炮,轰然一爆,周遭群山回声彻响,仿佛晴空霹雳。这是我儿时出游最初的记忆。

可惜当时年少,虽在山阴,却未能到兰亭(绍兴兰亭镇兰渚山下,就是王羲之与友人们"兰亭雅集"并写下《兰亭集序》的地方)、禹陵(在绍兴会稽山麓,又名"禹穴",即是传说中大禹的墓地）一游，至今仍觉遗憾。

跟随父亲在山阴的第二年，赵省斋先生因父母年事已高，不愿出门在外，就把学堂搬回家中。我就跟随先生前往杭州读书，得以畅游西湖胜景。

西子湖畔诸般美景，我觉得景观营造之精妙，龙井（杭州翁家山龙井曾有堂轩泉石，被称为"篁岭卷阿"，为西湖二十四景之一）最出色，小有天园（在杭州南屏山麓，曾与南京的瞻园、海宁的安澜园、苏州的狮子林并称清乾隆时期的"江南四大名园"，亦是西湖二十四景之一）次之。

最有看头的"石景"，要数天竺寺的飞来峰（飞来峰在灵隐寺，东麓有下天竺即法镜寺、中天竺即法净寺、上天竺即法喜寺，合称"三天竺"），还有城隍山的瑞石古洞（城隍山即吴山，在钱塘江北岸，西湖东南，为成片山岭，瑞石古洞在其中的紫阳山，又称"紫阳洞"或"雪风洞"）。

最好的水景在玉泉（在仙姑山北青芝坞口），水清澈，鱼儿众多，活泼可爱而有生趣。

个人不推荐的景点大概就是葛岭的玛瑙寺（在西湖边葛岭路上）了。

至于湖心亭（在西湖中央，与滁州的醉翁亭、北京的陶然亭、长沙的爱晚亭并称为中国"四大名亭"）、六一泉（在孤山南麓，为纪念欧阳修而得名——欧阳修号"六一居士"）等景致，都有其美妙可观之处，也难以一一叙述，但多少总有点脂粉匠气之感，在我看来，反而不如小静室（在杭州西山）幽静偏僻，雅致而得天然之趣。

苏小墓在西泠桥（又名西林桥，在西霞岭麓到孤山之间）旁，当年我慕名寻去，当地人指给我看，只是半个黄土丘而已。乾隆四十五年（1780年）皇上第五次南巡到杭州，曾经偶然问到苏小墓；待到乾隆四十九年（1784年）春夏之间，皇上第六次南巡时，苏小墓已经修葺一新，坟头砌石，作八角形，还立了一块碑，写着"钱塘苏小小之墓"。从那以后，诗人才子、名士游客不断前来凭吊，徘徊流连，大发思古幽情。

古往今来，忠臣义士不知几许，有多少魂魄消散，早就不知其埋骨之地；一度名传后世，最终还是湮没不闻的也不知有多少。而苏小小只是南朝一个名妓，为何名声流传至今，世人皆知？莫非是钟灵秀气所生佳人，注定要点缀湖光山色，为美景更添美谈？

◎ 苏小小

南朝齐的名妓，居杭州西泠桥畔，她的事迹，最早见于南朝陈徐陵所编诗歌集《玉台新咏》，大致是美貌多才，情深意切，数次钟情却都被辜负，夭亡后葬于西湖边。

后世文人才子多有题咏追思，遂成为文学史上一个清丽多情、幽怨而略带诡异之美的形象。其中最有名的，是唐代诗人李贺的《苏小小墓》——

幽兰露，如啼眼，无物结同心，烟花不堪剪。
草如茵，松如盖；风为裳，水为佩。
油壁车，夕相待；冷翠烛，劳光彩。
西陵下，风吹雨。

西泠桥北几步远的地方，有座崇文书院（建于明万历年间，与敷文书院——就是传说中梁山伯与祝英台就读的书院、紫阳书院、诂经精舍并称为杭州四大书院），我与同学赵君缉之曾经报考这座书院。

当时是一个夏天，我们早早起床，出钱塘门，过昭庆寺，上断桥，坐在石栏杆上，这时太阳刚刚升起，朝霞染红了岸边的垂柳，姿态颜色艳丽妖娆，无与伦比。湖中开满白莲，香气随着柔缓的清风飘来，让人心旷神怡，神清气爽。我们步行到书院，考试还没开始。

午后交卷出来，我和缉之约好了一起到紫云洞（在栖霞岭上）纳凉。

紫云洞可以容纳几十人，石壁上有孔窍，透进日光。有人摆开小桌矮凳，在这里卖酒。我们解开外衣，小酌几杯，卖有一种鹿肉脯，味道甚好，还有冰镇的新鲜莲藕、菱角，十分可口快意。

饮至微醺，我们走出紫云洞，缉之说："再往上有朝阳台，高远空旷，何妨一游？"我也游兴大发，兴致勃勃地往山顶攀登。到了山顶，只见西湖波平如镜，杭州城就如镜边小小一丸，钱塘江则是一条细细的丝带蜿蜒而过，极目远眺，一直能看到数百里外的风光，这是我生平第一次看到如此广阔的风景。不觉在山顶坐了许久，直至夕阳西下，才下山，这时南屏晚钟（西湖南屏山净慈寺傍晚的钟声，为西湖十景之一）已经敲响。

韬光寺（在灵隐飞来峰，为蜀地高僧韬光禅师所建，故得名）、云栖坞（在五云山南麓，其"云栖竹径"，又名"云栖梵径"，为西湖十八景之一）路途太远，未曾到访。至于红门局的梅花（红门局即杭州织造局所在地，专司绸缎精染细纺等事务，又名"北局"，因有红漆大门，俗称"红门局"，为园林式布局，园中广种梅花）、姑姑庙的铁树，其实不过如此，没有特别出色之处。

紫阳洞（即前文所说城隍山瑞石古洞）很值得一去，洞中有个小孔，只有一指大小，有涓涓流水涌出，传说后面别有洞天，我真恨不得徒手把这个小洞掏开，看个究竟。

有一年清明，赵省斋先生到东岳（在杭州西溪法华山，杭州人所谓"老东岳庙"）扫墓，带着我同行。这里竹子极多，守墓人挖了还没有出土的毛笋煮成笋羹，毛笋大小形状像梨子，头上尖尖，笋羹味道甘美。我很喜欢，一连吃了两碗。

赵先生忙说："呀！这东西虽然好吃，却损伤心血，赶紧多吃点肉克化一下。"但我一向不太喜欢吃肉，而且吃了笋羹，饭量小了，就没听先生的话。结果扫墓归来途中，只觉得烦躁难耐，嘴唇舌头仿佛都要裂开了一样。

途中经过石屋洞（在杭州南高峰烟霞岭，与水乐洞、烟霞洞并称为烟霞三洞），只觉得景致平平，没有特别可观之处。又到了水乐洞，洞如小小斗室，悬崖峭壁间点缀着许多藤萝，湍急的泉水流过，水声清澈明快。洞中有一个小水池，三尺（1米左右）方圆，五寸（15—20厘米）深，从未溢出，也不枯竭。我俯身喝了点池中的流水，顿时觉得滋润清爽，一路上的烦躁都消失了。

洞外有两个小亭子，坐在里面听泉水淙淙，幽静非常。洞旁有寺，和尚请我们去看他们的"万年缸"，在香积厨下，是很大的一口缸，用竹筒把洞中的泉水引到缸里，任其盛满溢出，年深日久，缸旁长满了厚厚的青苔，缸中的水冬天也不结冰，这就是所谓的"万年不损"。

乾隆四十六年（1781年）八月，父亲染上疟疾，回家养病，体寒时点火取暖，燥热时要冰块降温。我苦苦劝阻，父亲不听，结果疟疾转为伤寒，病势日益沉重。我守在床边侍奉汤药，昼夜不能合眼，几乎一个月都没有好好休息过。

偏偏这个时候，芸也病倒了，卧床不起。当时我心情之焦躁恶劣，难以言喻。

病势沉重时，父亲把我叫过去，叮嘱道："看来我这病是好不了了。我儿守着几本书再怎么攻读,只怕也不能养家糊口。所以打算拜托结拜兄弟蒋思斋带着你学做幕僚,将来还是继承这行当吧。"

没多久蒋先生来了,在父亲的病榻前,我拜他为师。

又过了几天,幸而请到了一位名医徐观莲先生为父亲治病,父亲渐渐痊愈。

芸也慢慢好了起来,能够下床,为我分担一些劳累了。

就是从那时候起,我不再埋头攻读准备科考,而是开始学做幕僚。

也许有人会问,这明明是一段困顿的日子,并非什么快事,为何记载于此。

须知这是我一生之中,抛开书本劳形,真正享受浪游之快乐的开始,所以一定要记下一笔。

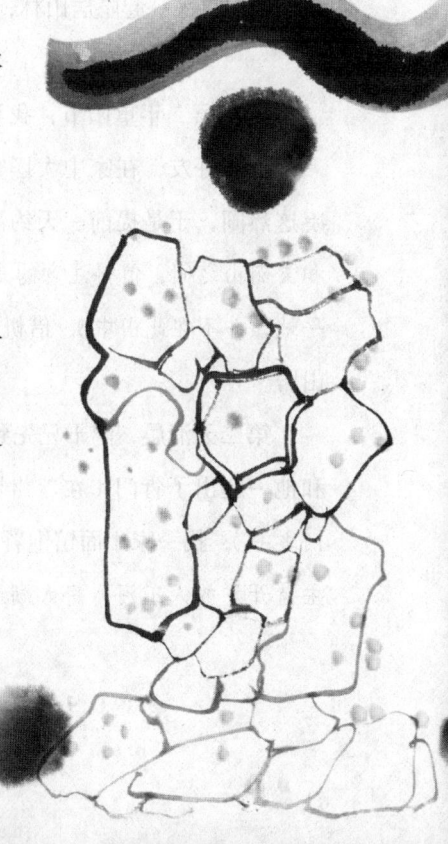

◎ 记下一笔

必须承认,沈复还真的是个耿直文人啊,古代读书人如此公然宣称自己不爱读书的也不是没有,但终归是少数。——毕竟发出这样的声音,多少还是需要一点勇气的。

蒋先生单名一个襄字，在奉贤做幕僚。这年冬天，我就跟随他到了奉贤（今上海奉贤区）县府官舍，开始了我的幕僚学习生涯。

蒋先生还有一个弟子，姓顾，名金鉴，字鸿干，号紫霞，也是苏州人。比我年长一岁，因此我称他"鸿干兄"，他也很豪爽地把我当作小兄弟来照顾。

鸿干兄为人慷慨大方、刚正不阿、耿直宽容，与我倾心相交，是我生平第一位知己。只可惜他二十二岁时就离开了人世，从那之后，我落落至今，今年已经四十六岁，人海茫茫，不知此生能否再遇到如鸿干兄那样倾心吐胆的知己。

回想当年与鸿干兄相交，彼此投契，他胸襟开阔，志向高洁，我们常想将来一起隐居山林，潇洒度日。

就在第二年重阳节，我和鸿干兄都回了苏州，正好父亲招待一位长辈好友，在家中大摆宴席，并请了戏班子来助兴。我不想凑这热闹，于是提前一天约鸿干兄登寒山（在苏州西郊，天平山和支硎山之间，值得注意的是，"姑苏城外寒山寺"的寒山寺却在平地，并不在此山中），借机踩点，看看来日我们在哪里结庐比邻山居。

第二天清晨，鸿干兄先到我家，我带着芸为我们准备好的酒，和他一起出了胥门（在苏州城西，春秋时吴国建造都城时的古城门之一），找一家小面馆饱餐一顿，然后渡过胥江（春秋时伍子胥主持开发的人工河，将太湖水引进苏州城，是苏州第一条人工运河，亦名"胥溪"），溜达着到了横塘（胥江水出太湖，过胥口，经横塘，进胥门，与苏州外城河交汇）枣市桥，雇一条小船，到寒山时，还不到中午。

船夫人很好，拜托他买米买菜准备午饭。鸿干兄和我上岸，先到中峰寺。这寺在支硎古刹的南边（寒山在支硎山旁，支硎山上曾有众多古刹，中峰寺也是其中之一），沿着山道而上，寺院藏在树林深处，因为地方偏僻，门前寂静无人，僧人们也很是悠闲，见我们衣着随意，也就不怎么搭理。鸿干兄和我也没打算到寺中游玩，-随便逛了逛就回到船上，饭菜已经备好。

吃完饭，船夫让他儿子留下守船，他带着酒跟随我们上山。我们翻过寒山，一直到了高义园的白云禅寺（高义园在天平山南麓，原为宋代名臣范仲淹的祠堂，园西的白云禅寺，始建于唐代，因附近有白云泉而得名）。禅寺中有轩廊在峭壁上，围着栏杆，廊下凿出小池，一池秋水清澈明净，薜荔的藤蔓轻悬石壁，墙角积满青苔，坐在其中，悄无人迹，只听见落叶扑簌簌的声音。

出了白云禅寺，山路边有一个小亭子，让船夫在亭子里休息，我们继续穿过狭窄的石缝向上攀登，这石缝名为"一线天"。山路盘旋往复，直到山顶，俗称"上白云"。

山顶曾有庵堂，已经荒废倾颓，留下一座岌岌可危的小楼，只能远眺，不可靠近。我们坐在山巅休息片刻就下去了。

船夫很是可惜："二位公子忘了把酒带上山去。"

鸿干兄笑道："我们出游，就是为了找块好地方将来归隐，登高饮酒倒是小事儿。"

船夫就说:"从这里往南两三里,有个上沙村,村里人家不少,空地也很多,我有个姓范的表兄住在那儿,公子们有没有兴趣去玩一玩?"

我大喜:"听说那儿是明朝末年徐俟斋先生隐居的地方,有一处园子,极幽静雅致,我还从来没去游玩过呢。"

于是请船夫带我们前往。

◎ 徐俟斋

即徐枋,明末清初著名画家、书法家,入清不仕,穷困而死。与杨无咎、朱用纯并称"吴中三高士",又与沈寿民、巢鸣盛并称"海内三遗民"。

上沙村在两山之间的山道旁,徐俟斋先生的故园依山而建,园中没有奇石,只有几株老树,枝干迂回盘旋,郁郁苍苍,姿态古朴雅致,竹篱茅舍,朴实无华,不愧是高士隐居之地。园中一棵皂荚树,树下有个小亭子,树干足有两人合抱那么粗。我觉得生平所见的园林,此处可算第一。

园子旁有座山,当地人叫作"鸡笼山",山峰笔直峻峭,大石嶙峋,有点像杭州紫阳山瑞石古洞的风光,但没有那么玲珑剔透。

皂荚亭旁有一块青石,仿佛天然卧榻,鸿干兄躺在上面,感叹道:"这里仰观山峰,俯瞰园林,真是又开阔,又幽静,正是喝酒的好地方啊。"

于是我们拉船夫和我们一起痛饮,喝到兴头时,又是高歌又是长啸,十分痛快。

当地人知道我们来选地方,误以为是选墓地,就推荐说某处有好风水。鸿干兄大笑道:"我只选合心意的地方,不在乎风水如何!"——谁知此话竟一语成谶。

直到把酒喝光,我们摘下野菊花,插满双鬓,这才尽兴而归。

回到船上时,太阳已经落山,到家已经是一更天(晚上七点至九点为一更),家中的客人却还没有散。

芸悄悄告诉我:"今天来的戏班子,有个叫兰官的女伶,相貌端庄,颇有动人处。"

我就假称母亲要见兰官,把她叫到内室,握住她的手腕细细打量,果然白皙丰满,容貌上佳。我却对芸说:"美则美矣,只可惜名不副实。"(意思是此女名为"兰官",却没有兰花的纤细清幽之姿。)

芸抿嘴笑道:"丰腴者自有福相。"

我就和她抬杠:"丰腴者无过杨玉环,却魂断马嵬坡,这是什么福气?"

芸好言把兰官送出去,向我娇嗔:"夫君今天又喝多了,醉得厉害。"

我就把今日出游所见,一一向她道来,芸听后,也神往许久,

不能忘怀。

乾隆四十八年（1783年），蒋思斋先生到扬州任职，带我同行，我得以见识闻名已久的金山和焦山的旖旎风光（金山、焦山和北固山，并称"京口三山"，在今镇江，是著名的"三山风景区"，人称"真山真水"）。人们都说，金山最宜于远观，而焦山却要凑近了赏玩。可惜我多次往来其间，却一直没有机会登山游览。

渡过长江往北，渔洋山人的诗句<u>"绿杨城郭是扬州"</u>，就活生生跃然眼前了。

◎ 绿杨城郭是扬州

语出王士禛《浣溪沙·虹桥怀古》——

北部清溪一带流，红桥风物眼中秋，绿杨城郭是扬州。

西望雷塘何处是？香魂零落使人愁，淡烟芳草旧迷楼。

王士禛，号渔洋山人，清初著名诗人、学者，开"神韵"派诗风，影响深远，与朱彝尊并称为"南朱北王"。

平山堂（在扬州西北蜀冈中峰大明寺内，为宋代大文豪欧阳修所建。因为平山堂名气很大，后来人们便习惯地将附近的名胜古迹，包括唐大明寺遗址、西园、第五泉、谷林堂等统称为平山堂，所以下文说"行其途有八九里"）距离扬州城三四里，玩下来却得走上八九里，虽然全是人工景观，但极尽巧妙的构思布局，点缀着自然风光，纵然是传说中瑶池仙境里的琼楼玉宇，想来也不过如此。

平山堂最妙之处，在于明明是十几家不同的园林亭台，却合为一个整体，气势贯通，彼此联络，遍布山间。最难得的是，一出扬州城，便已置身平山堂的风光之中，其中有大约一里的地方，与城墙几乎挨在一起。要知道，城墙这种建筑，非得隔得远远的，点缀在高远开阔的重山之中，才有意境，若是园林中能看到城墙，那简直是糟糕透顶的视觉灾难。

偏偏平山堂的这一带城墙，在亭台楼阁、粉墙奇石、绿树修竹的点缀映衬下，半隐半现，蜿蜒一里，却让游人丝毫不觉得突兀触目，此等"借景"的手笔，化煞风景为好景观，不是胸中有大丘壑的建造者，断然无从下手。

城墙的尽头便是"虹园"，转向北，有一道石梁桥，名为"虹桥"。也不知"虹桥"这个名字是从虹园而来，还是"虹园"这个名字因虹桥而得？扁舟荡过虹桥，便是名为"长堤春柳"的景致，这风景不在城墙脚下，而是往平山堂铺开，更显得设计的巧妙。

再往西，垒起一座小山，山上有庙，称为"小金山"，山势这么一挡，就让人觉得风光紧凑有致，也不是普通人能够设计出来的。

听说当地的土质多为沙土，难以堆砌成山，于是用了好些木头扎成木排作为"骨架"，往上层叠土石，花费了几万两银子，这才堆出此山。——要不是富商巨贾，谁能有这么大的手笔。（"虹园"旧日为大盐商江春的私宅园林，故有此言。）

过了小金山，便是胜概楼，每年端午，人们都云集此楼，看水上龙舟竞渡。这是因为胜概楼下，河面比较开阔。

又有一座横跨南北的莲花桥，桥门伸出四翼，八面都通，桥上建了五座亭子，中间一座，周围四座，扬州人把它叫作"四盘一暖锅"（这是形容五座亭子的格局像饭桌上的四菜一汤，或是四盘涮菜围着一个火锅——人民群众也真刻薄啊），这设计虽然巧妙，却嫌太挖空心思，流于匠气，并不可取。

莲花桥南有莲心寺，寺中有一座白塔，金顶装饰，四面璎珞，高耸入云霄，在寺院的红墙和青翠松柏的掩映下，时时传来钟磬之声。——这在我游览过的天下园林中，是独一无二的景致。

过了莲花桥，是一座三层的高楼，雕梁画栋、飞檐翘角，颜色绚烂夺目，楼下点缀着太湖石，围着白玉栏杆，此处景观名为"五云多处"，正如一篇文章结构的中心点，非华彩夺目不可。

过了此处，是"蜀冈朝旭"的景致，但其实不过一片平地，没什么出奇的地方，只是牵强附会凑出来的一景（"蜀冈朝旭"又名"蜀冈晚照"，也是瘦西湖二十四景之一）。

再往前到了山脚，河面渐渐收窄，堆出土堤，种着竹木，营造出四五道曲折的水面，似乎已经"山穷水尽"，但一过去就豁然开朗，大片的"万松林"在眼前铺展开来。

"平山堂"三个字，是欧阳文忠公（欧阳修谥号文忠，故称"欧阳文忠"）所书。

真正的"淮东第五泉",在一座假山的石洞中,不过是一口井,泉水的味道与"天泉"(即净化后的雨水雪水,详见卷二《闲情记趣》)差不多。而在旁边的荷花亭里,还有一处井水,用六孔的铁井栏锁着,故弄玄虚,说这是"第五泉",其实是假货,井水味道很差,不堪饮用。

平山堂南门有个幽静的去处,名为九峰园,别有一番天然雅趣,我觉得是平山堂众园林中最出色的。"康山草堂"所在的康山未曾一游,不知究竟如何。

这就是平山堂的大致风貌,还有种种工巧细致、精心营造的美妙之处,也不能一一细述。总之,平山堂不是那种"清水出芙蓉,天然去雕饰"的佳人,不妨将之想象为一个浓妆艳抹的美女。

幸运的是,我在扬州时,正好赶上万岁爷南巡的盛典,平山堂各处修整完善,又排演接驾时的游览路线,并处处加以点缀,因此我有机会畅游一番。——这真是人生难得的经历啊。

第二年,即乾隆四十九年(1784年),父亲在吴江知县何公的幕府中供职,我也随侍在他身边。

这一年,万岁爷再次南巡,父亲和山阴的章公苹江、武林的章公映牧、苕溪的顾公霭泉等诸位先生,一起负责南斗圩行宫(在吴江七都镇,乾隆七次南巡中有五次驻跸此地)的接驾事宜。我也跟着第二次瞻仰万岁爷的天颜。

在接驾期间,有一天快到傍晚时,我忽然起心想回家看看,正搭上一艘处理公务的小快船。这船船尾双橹，船侧两桨，在太湖上飞驰往来，俗话叫作"出水辔头"（"辔头"即马勒，这里代指马，意思是此船快得像马飞奔）。几乎是转眼之间，我就从吴江到了苏州，回到家中，晚饭还没有上桌。就算是传说中骑着仙鹤腾空飞翔，也没有这么痛快。

吾乡苏州，素来崇尚奢华，又赶上圣驾南巡的盛事，各处更加争奇斗艳，繁华热闹更是无与伦比。彩灯璀璨，炫目夺神，歌吹沸腾，鼓乐喧天，古人所谓的"雕梁画栋""珠帘绣幕""玉阑干""锦步障"，也都没有这么豪奢华丽。

我被各路朋友邀请，到处帮人插花摆屏、张灯结彩，稍有闲暇，大家就呼朋唤友，痛饮狂歌，尽着性子四处游玩赏乐，趁着年少豪情，不知疲倦，实在是人生中难得的好时光！倘若不是生于盛世，怎能目睹这样的盛况！而就算生于盛世，若是在穷乡僻壤，也不可能尽兴赏玩到这样的景致风光啊！

◎ 锦步障

古代富贵人家出游时用来遮蔽灰尘或闲杂人等的活动屏障，叫作"步障"，以锦缎为步障，极言其奢侈，历史上著名的石崇、王恺斗富时，就都这么干过。

就在这一年，吴江知县何公出了事儿，父亲转而接到海宁知

州王公的邀请,我也继续跟随在他身边。

往海宁途中,路过嘉兴,有刘公蕙阶,接待父亲盘桓数日。刘公长年吃斋拜佛,他家在烟雨楼旁(烟雨楼在嘉兴南湖湖心岛,也是著名的园林景观),有一间阁子正对着水面,是刘公诵经的地方,不染纤尘,仿佛寺院中高僧起居之处。

烟雨楼在镜湖之中(此处应该是"南湖",镜湖在绍兴,可能是沈复一时笔误),湖岸种满绿杨,可惜没有修竹点缀映衬。烟雨楼上有平台可以远眺,只见水波平缓,漠漠如天,点点渔舟星罗棋布,感觉明月之夜应该是景致最美之时。

楼旁有寺院,寺中的素斋极好。

到了海宁,父亲的同僚中有白门史公心月、山阴俞公午桥。史公有一子,名为烛衡,沉静安详,聪明缄默,彬彬有礼,风度儒雅,和我成为莫逆之交。烛衡是我生平结交的第二位知己,只可惜与他萍水相逢,相聚的日子并不多。

我们曾游海宁陈家的安澜园，园林占地百亩，亭台楼阁重复掩映，夹道回廊曲折环绕，园中水池极开阔，水面浮桥蜿蜒六曲。假山石上长满藤萝，人工斧凿的痕迹尽被掩盖，参天古木比比皆是。在我生平游历以假山奇石造景的平地园林中，安澜园要算第一。

曾随父亲参加一次安澜园桂花楼中的宴会，席间所有佳肴的味道，都被浓郁的桂花香气压倒了，只有一味腌制的姜片，辛辣之味依旧。古人用"姜桂之性老而弥辣"，来比喻忠贞守节之士，此言果然不假啊。

◎ 姜桂之性老而弥辣

叹气，沈复同学一看就是大少爷，君子远庖厨，"姜桂之性老而弥辣"的"桂"，并不是桂花，而是桂皮……

出安澜园的南门，就是入海口。（原文是"出南门，即大海"，但这并不准确，不管是安澜园还是海宁城，南门外都不是大海，而是钱塘江的入海口；还有一种可能，是把这片开阔江面直接说成是"海"。）一天两次大潮，就像是万丈银色大堤划破水面掠过。有一种"迎潮船"，遇到潮水时，就调转船头迎上去，船头有一个大的"木招"，形状像一只长柄大刀。往水中一摁一拖，潮水就分开来，船随之进入潮中，过一会儿才浮起来，再调整方向，顺着潮水走，瞬间就能被送出百里。

从江心往入海口筑有海塘（用以分散潮水的冲击力），海塘上有镇海塔院，中秋之夜，我曾跟随父亲在这里观潮。

沿着海塘往东三十里，有一处名为尖山，一座山峰拔地而起又扑入海中，山顶有个阁子，匾额上题着"海阔天空"。在这里，确实是一望无际，只能看见大海的怒涛扑向天空。

在我二十五岁时（乾隆五十三年，1788年），曾到徽州绩溪知县克公的府衙任幕僚，到杭州乘"江山船"（即"江山九姓船"，原本是指在钱塘江上往来的流动风月场所，后来也兼做一些客运生意），过富春江时曾登上子陵钓台（在富春山麓，传说东汉著名隐士严子陵曾在此垂钓）一游。钓台在半山腰，一座险峰突兀而出，离水面十几丈（清代一丈大约有三米多，十几丈应该是无论如何也没法钓鱼的），若是汉代时此处可以钓鱼，那当时江水的水位应该比现在高出许多。

到界口时是一个月夜，这里设有巡检署（清代在关隘、渡口等地设巡检司，亦称巡检署，相当于现在的派出所）。苏轼《后赤壁赋》里所写的"山高月小，水落石出"之景，宛然可见。可惜在这里只能看到黄山的一点山脚，不能窥见其全貌。

绩溪城在群山之中，是一个弹丸小邑，民风淳朴。城附近有一座石镜山（应该就是现在绩溪华阳镇的东山），在山里曲折前行一里左右，有悬崖飞瀑，周遭绿树环绕，青翠欲滴。渐渐向上，到半山腰，有一座方石亭，四面都是峭壁，亭子西边有座天然石屏，峭然矗立，石屏作青色，光洁莹润，可以照出人影。当地传说，这石屏原本能照出人的前世，当年黄巢路过这里，照出的是一只猿猴，于是他放火烧石屏，从此这里就照不出前世了。

离绩溪城十里，有一处火云洞天，洞中山石都是绛红色，巉岩凹凸，盘根错节，有点像黄鹤山樵的画中的笔墨意趣（元代画家王蒙，号黄鹤山樵，画中笔意繁密，层峦叠嶂），只是没有章法布局。

石洞旁有个小寺庙，非常幽静，有位名为程虚谷的盐商，曾请众人到此一游，在寺庙中设宴。席上有肉馅馒头，寺中的小沙弥在一旁眼巴巴地瞅着，有人就给了他四个。

临走前，我们给寺中的老和尚两枚外国银元，老和尚不认识，推辞不受。向他解释一枚银元可以换七百多文，他还是不要，说穷山僻壤，没有兑换的地方。最后大家过意不去，翻口袋凑出六百文铜钱，老和尚这才欣然收下，谢了又谢。

后来我又和朋友带着酒菜去了一趟，老和尚叮嘱我们："之前各位来此，不知给我那徒儿吃了什么，孩子腹泻得厉害。今天可不要再给他吃东西了。"想来是小沙弥自幼茹素，肠胃受不得荤腥，我们不禁为他们修行的虔诚和艰苦而感叹。

我对同行的朋友说："出家人就该在这样偏僻之处，终身不见繁华，不闻世事，才有望修真养静，得成大道。像我们家乡虎丘那些寺院的出家人，成天看到的都是俊俏小厮、美貌妓子，听到的都是吹拉弹唱、声色犬马，闻到的都是佳肴美酒、浓香扑鼻，哪里能做到修行所要求的身如枯木,心如死灰呢?"

在城外三十里,又有一处仁里镇,每十二年举行一次花果会,参会的四乡八村都拿出最好的盆栽花木,互相比试高下。

我在绩溪时正好赶上一次花果会,兴冲冲地想去看,同事许君策廷与我同行。苦于没有轿子马匹供人远行,于是想了个招,雇当地人把椅子绑在竹竿上,抬着我们前往,见到的人无不觉惊讶好笑。

到了仁里,看到一座庙,不知供奉的是何方神明。庙前的空地上高高地搭起一座戏台,雕梁画柱,巍峨壮观,显然刚刚油漆一新。走近一看,原来都是纸扎的,彩画绘制,再涂抹油漆而已。

忽然听到锣鼓喧天,四个人抬着一对蜡烛过来,蜡烛大得像柱子;又有八个人抬着一头猪过来,猪大得像公牛。听说这头猪是参会的村镇一起养的,足足养了十二年,就是为了这一天供神。

策廷笑着对我说:"这头猪固然长寿,但这位神仙的牙口也真够好的,换了是我,可真下不去嘴啊。"我说:"足见这些人的愚痴和虔诚啊。"

到了庙里,看见摆出来的花果盆栽,多半都是黄山松,没有什么人工修剪盘枝的痕迹,却也颇有些苍劲古怪的趣味。

过了一会儿开始演戏,人群聚集如潮涌,我和策廷就赶紧避开了。

在绩溪不到两年,和同事起了点纷争,我就拂衣而去,回到家乡。

在绩溪期间，目睹官场上种种不堪入目的卑鄙之处，我便起心不再流连其中，打算改做生意。

有位姑父姓袁，名万九，在盘溪镇仙人塘酿酒卖酒，我与朋友施君心耕出资入伙。袁姑父酿的酒都是出海贩卖，结果这一年遇到台湾林文爽之乱（乾隆五十一年，即1786年，台湾天地会头目林文爽发动起义，两年后失败），海路阻隔，无处贩卖，生意亏本。我只好重回幕僚生涯，到江北谋生，这一去就是四年，其间全无赏心乐事，也无"快游"可记。

后来我和芸被迫离家，寄居萧爽楼，过了一段烟火神仙的逍遥日子。这时表妹夫徐君秀峰从广东回来，见我赋闲无事，就劝道："像您这样靠书画赚钱糊口，餐风饮露，终究不是长久之计。不如和我一起跑一趟广州，所得应该不菲。"

芸也说："如果夫君要去，就趁现在。父母健在，你也还是壮年。若一次收获颇丰，或许可以一劳永逸，总好过现在这样天天挂念算计着柴米油盐却无所事事。"

我就和平日交好的朋友们商量，大家凑出本钱，芸也做了一些绣活儿，搜罗了江南特色的苏酒、醉蟹等货物，一并交给我南下售卖。

禀告父母之后，这年十月十日，我和秀峰从东坝出芜湖口，沿长江南下。

这是我第一次在长江上航行，满心畅快，每天晚上停船休息时,都要在船头小饮几杯。

看见捕鱼的人用一种方形渔网,边长不过三尺(1米多),网孔却有四寸左右(15厘米左右),四角箍着铁皮,似乎是为了更好下沉。

我笑着问:"虽然前辈圣人教导我们说'罟不用数'",但这么小的网,这么大的网眼,怎么能有收获?"

秀峰告诉我:"这是专门捕捉鳊鱼的网。"

只见渔人拽着系渔网的长绳上下起落,仿佛在探寻有没有鱼,不一会儿,急忙把渔网拽出水面,已经有鳊鱼被困在网眼里了。

我这才叹服:"果然只凭自己的经历见识,不可妄测世间种种奇妙啊。"

◎ 罟不用数

语出《孟子·梁惠王上》，原文是"数罟不入洿池"。数罟，指细密的网；洿池，即水塘。

这一天，忽然路过江中一座山峰，突兀独立，秀峰告诉我："这就是小孤山。"乘风而过，只见山上霜林尽染，殿阁参差可见，可惜未能停船一游。

到了著名的滕王阁，其风光景致就像是把吾乡苏州府学里的那座尊经阁，挪到了胥门外的大码头上，王勃那篇著名的《滕王阁序》里所写的种种美景，皆不足信。

在滕王阁下，我们换上了一种船尾高翘，船头昂起的船，当地人把这种船叫作"三板子"，从赣关（清代在赣州府城外设赣关，往广州的商贸在此交税）到南安（在江西赣州大余县，大庾岭南麓）登陆。

这一天正好是我三十岁生日，秀峰准备了寿面，为我庆生。

第二天，我们翻过大庾岭（古代所谓岭南，就是"五岭之南"，而大庾岭即是五岭中最出名的一岭），山顶有一座亭子，匾额上题着"举头日近"，极言此山之高。

大庾岭的山头一分为二，两边都是峭壁，中间留出一道，仿佛石墙中的小巷，"巷口"立了两块碑，一块刻着"急流勇退"，一块刻着"得意不可再往"。山顶还有一个"梅将军祠"，未曾考证供奉的是哪位"将军"。

之前常听说大庾岭上的梅花何等有名，到了山上，却一棵梅花树都没见着。难道所谓"梅岭"，是因为"梅将军"才得名的吗？

别说梅岭上没有梅花，就连我带的梅花盆栽，准备作为礼物送人的，到了这里，虽然是腊月花期，却已经花瓣零落，叶片枯黄了。

◎ 梅将军祠

据说春秋时楚灭越国，越国遗民逃至江西，改姓梅，后秦灭六国时，再向南逃，越过大庾岭，据城而居，史称"梅将军城"，于是大庾岭又称"梅岭"。估计这里供奉的"梅将军"即是由此而来。

一过大庾岭，就觉得山川景物、风土人情大不一样。大庾岭西边有一座山，我忘了山名，山石多峭，玲珑剔透，轿夫告诉我，那山中有仙人的床榻。可惜当时匆匆经过，也没来得及一游。

到了南雄（今广东省南雄市，古称"雄州"，因为扼守大庾岭要道，是岭南通往中原的要冲，故称"雄"），我们雇了条老龙船（过大庾岭进入广东内陆的水路要经过老龙津，当地的船户被称为"老龙船户"，或"老龙舡户"，蒲松龄《聊斋志异》中就有一篇《老龙舡户》，老龙船即由此得名），经过佛山镇，见路边人家，墙头往往摆满花盆，花叶如冬青，花朵如牡丹，有大红、粉白、粉红三色。人们告诉我这就是山茶花。

一直到腊月十五日，我们才到了省城广州，住在靖海门里，租了一个王姓人家临街楼房的三间。秀峰的货物都卖给当地的大商人，我也按照他教我的开出货物清单，四处拜访熟识的客商，很快就有拜访过的客人来选购货物，不到十天，我带去的货物就销售一空。

不久就是除夕，仍然蚊子成群，"嗡嗡"声如雷。大家互相拜年的时候，有人穿着棉袍，有人套着纱衫。不仅当地气候与中原大不一样，就是当地人，虽然五官相似，但相貌神情也与内地人迥然不同。

正月十五日，有三五个同乡拉着我去游河，一路欣赏河上的风尘女子，当地把这叫"打水围"，把风尘女子叫"老举"。

于是我跟着他们出了靖海门，下到小艇里——这种小艇就像是半个蛋壳，加了个篷子。先到了沙面（旧称"拾翠洲"，珠江上的一个沙洲，靠近白鹅潭）。老举们住的船叫"花艇"，都头对头地排成两行，中间留出一条水道供小艇往来。一二十条花艇，用横木绑在一起，以防海风。每两条花艇之间，钉有木桩，用藤绳套在木桩上，这样就可以随着潮水的涨落而上下。

花艇上的老鸨叫"梳头婆"，头上戴着银丝编成的小架子，大约四寸高（15厘米左右），里面空着，头发都盘在架子外面（感觉这似乎是明代"鬏髻"的遗风),用长长的耳挖在鬓边插一朵花。身披元青色(元青,即玄青,指深黑色)短袄,长裤也是元青色,裤腿一直拖到脚背,腰间系一条汗巾子,或大红,或深绿,打着赤脚,趿着鞋,鞋的式样就像是戏班子里旦角穿的那种彩鞋。

有客人上船,梳头婆就躬身笑脸相迎,撩起船帷把客人迎进船舱,船舱里两旁摆着椅子茶几,中间是一张大炕,炕后有门直通后舱。

梳头婆喊一声:"有客人啦!"就听见脚步声纷杂,姑娘们都从后舱出来,有的挽着发髻,有的盘一条大辫子;敷着厚厚的香粉,仿佛糊墙,涂了鲜艳的胭脂,就像石榴花;穿的不是红袄绿裤,就是绿袄红裤;有的穿着短袜,趿着蝴蝶履,有的干脆打赤脚,戴着银脚镯。或蹲在炕上,或靠在门边,一个个目光灼灼却又一言不发。

我问秀峰:"这是干吗?"

秀峰说:"看中了哪个,招招手就过来了。"

我随意对一个姑娘招手试试,她果然露出笑容,凑近身边,从袖子里掏出槟榔递给我,以示敬意。我扔进嘴里一嚼,涩得不能忍,赶紧吐出来,用纸擦嘴,只见吐出来的残渣像血一样。

花艇上的众人都大笑起来。

又逛到军工厂一带,这里姑娘们的装束与花艇上相似,只是不管年纪大小,都能弹得一手琵琶。和她们说话,总是回答:

"咪。"后来我才知道,"咪"就是粤语"啥"的意思。

我便说:"总听人说'少不入广州',因为这里声色销魂。但是看到的这些蛮夷装束和鸟语,不知什么人会为之动心。"

一个朋友说:"听说她们有个'潮汕帮',姑娘们装束打扮如仙子,不如过去玩玩?"

于是我们一帮人又去了潮汕帮,也是成排的花艇,像沙面一样。来了个出名的梳头婆,叫作"素娘",装束像花鼓妇(花鼓戏男女合演,女子穿短衫,长裤,膝袜——一种丝绸制过膝系带的裤套)。姑娘们的衣领都很长,露出脖子上戴的金锁项圈,剪着齐眉刘海,后面的头发披散在肩头,中间挽一个丫髻一样的发髻。裹脚的穿长裙,未裹脚的穿着短袜,拖着长裤腿,跶着蝴蝶履。说话的口音大致能够听懂,但我还是嫌她们奇装异服,让人兴致索然。

秀峰又说:"靖海门外的渡口有扬州帮,姑娘们都做吴地的打扮,不如去那儿瞅瞅,包管有你满意的。"

一个朋友就说:"说是扬州帮,其实就一个叫邵寡妇的老婆子,带着她的媳妇儿叫大姑的,是来自扬州,其他的姑娘们都是两湖两广还有江西人冒充的。"

话虽这么说,我们一行人还是到了扬州帮,这里只有十几条花艇排成两排,来往的姑娘们都随意挽着发髻,薄施脂粉,大袖飘飘,长裙及地,说话口音熟悉,听得清清楚楚。

那个"邵寡妇"出来迎接我们,态度殷勤,有一个朋友就另外喊来酒船作东道请大家——这种酒船大的叫"恒艓",小的叫"沙姑艇"。

大家让我选一个姑娘作陪,我挑了一个年纪小的,因为她身材相貌很有点像芸,脚很小,纤细秀美,名字是"喜儿"。秀峰则点了一个叫"翠姑"的姑娘。其他朋友都有老相好,纷纷叫来。

然后大家乘着酒船在江中漂流,开怀畅饮,直到深夜。到后来,有朋友躺着抽鸦片,有朋友搂着姑娘调笑嬉戏。服侍姑娘们的下人都送来衾枕卧具,眼看就要在船上铺开铺盖,众人同眠了。

当此情景,我怕不能控制自己,坚持要回城休息,却不知道这时城门早已锁闭。原来像广州这样临海的城市,天一黑就锁了城门。无计可施之时,我悄声问喜儿:"你家的花艇上有地方睡一晚吗?"

喜儿说:"船顶有寮楼,就是不知现在有没有客人。"

我说:"且去看看再说。"

于是叫来一只小艇,把我们载到邵寡妇的花艇上,只见两排花艇灯火相对,仿佛一条长廊。邵家花艇的寮楼正好空着,邵寡妇笑道:"我知道今天要有贵客来,所以特意把寮楼空出来等着。"

我也笑道:"妈妈真是水中仙子,料事如神啊。"

便有下人拿着蜡烛,带我们从后舱爬楼梯上去,只见所谓"寮楼",就是一间小小的斗室,一旁设着长榻,几案齐备。揭开一重帘子进去就是卧室,正在前舱的顶上。床摆在一边,中间的方窗嵌着玻璃，没有灯火而满室通明，因为对面船上的灯光正好照进玻璃窗。室内衾枕帷帐，梳台妆镜，无不整齐华美。

我正在打量，喜儿忽然高兴地说："台子上能看见月亮。"说着从楼梯门上推开一扇窗户，轻巧地爬出去，出去却在后舱顶上，三面都有矮栏杆护着。只见一轮明月升上夜空，照着开阔的水面：酒船花艇，纵横漂荡，如水面的落叶；而船上闪烁的灯火，就如天上的繁星；更有小艇来回穿梭，一阵阵歌吹欢笑之声夹杂着起伏的潮水声，真让人目眩神迷，情不自禁。我感叹道："原来这就是'少不入广州'啊！"只可惜此时芸不在身边，不能与我一起领略这样的风情和美景。

我看了看身边的喜儿，月光下，越看她越像芸，不由得动情，握住她的手，下到寮楼，吹灭蜡烛，拥她入怀。

第二天拂晓时分，秀峰等人就吵吵闹闹地找了过来，我披上衣服出来，他们都责备我昨晚独自"潜逃"。我笑道："我倒不是怕别的，只是担心你们到了半夜，会玩出揭帐子掀被子的把戏。"

几天后，秀峰和我游览海珠寺（在珠江海珠岛，全名为海珠慈度寺，1931年海珠岛填埋，与岸边连为平地，海珠寺也随之消失）。寺在江水中，围墙环绕仿佛城墙，离水面不过五尺多（1.5米—2米），墙上有洞，洞口架着大炮，以防备海盗。潮水涨落，大炮似乎也随之起伏，并不觉得炮口和洞口之间有落差，这真是难以解释的现象啊。

又去了著名的十三洋行（清代政府指定专营对外贸易的垄断机构，"十三"只是概数，并非固定十三家），在幽兰门西边，房屋结构和西洋画上的一样。对面一处名为"花地"，是广州花木交易的地方，花木繁盛。我一直以为没有自己不认识的花，但到了这里，只能认出十之六七。问那些不认识的花名，有些甚至连《群芳谱》（应该指的是《广群芳谱》，清代学者汪灏奉康熙旨意，在明代王象晋《二如亭群芳谱》的基础上编纂，共一百卷，是当时一部植物百科全书）上都未曾记载，但也有可能是当地的叫法和《群芳谱》上不同。

还去了海幢寺（在汉代古刹千秋寺基础上，明代修建了海幢寺，清代进一步扩建，成为广州"佛教四大丛林"之首），寺院规模宏大，种有许多榕树，大的要十几个人才能合抱，树荫密密匝匝，遮天蔽日，到了秋冬也不凋零。寺庙的柱子、门槛、窗格、栏杆等等，都是用铁梨木（又名铁木、铁力木，材质硬，比重大，是一种珍贵木材）制作的。寺中还有菩提树，叶片像柿子树叶，浸在水里洗去表皮，叶筋细密仿佛蝉翼轻纱，可以裱成小册子，抄写经文。

回来时我们又去了邵寡妇的花艇，探访喜儿和翠姑，正好她们都没有客人，喝完茶，我打算离开，喜儿再三挽留。我喜欢的是她家花艇上的寮楼，但是邵寡妇的媳妇儿大姑已经在上面招待客人。

于是我问邵寡妇："不知您老肯不肯放喜儿和我们回城中的住处，今晚就留她一夜？"

邵寡妇同意了，秀峰就先回去，叮嘱下人们准备酒菜。随后我带着喜儿和翠姑回了住处，四个人谈笑甚欢。正好一个朋友王君懋老，来做不速之客，就留他一起饮酒。他端起酒杯还没有沾到嘴边，忽然听见楼下人声嘈杂，似乎有人要冲上楼来。

原来房东有个侄子，一向行事无赖，知道我们带着姑娘们回来了，打算找人撞破，讹我们一把。（清代禁娼十分严厉，如果在屋中抓到风尘女子，可以告屋主窝藏娼妓，轻则杖责、带枷，重的甚至可以流放。因此人们很少带姑娘回家，而是留宿花街柳巷。这也就是为何广州屡屡出现花艇火灾，官员、士子、富商被烧死的事件。）

秀峰忍不住抱怨道:"都是三白兄一时高兴,惹出这事儿,我真不应该掺和进来的。"

我说:"事已至此,我们就不要斗嘴了,赶紧想个退兵之计吧。"

憨老自告奋勇:"我先下去做个说客。"

我想了想,叫仆人悄悄地出去雇两顶轿子,先把两位姑娘送出此地,再琢磨怎么送她们出城。

这时,只听得憨老在楼下周旋,却没有效果,无赖们不肯退散,但也没有冲上楼。而两顶轿子已经雇好,就等在门外。

我带来的仆人手脚很是敏捷,于是让他在前面开路,秀峰护着翠姑,我护着喜儿,硬闯下楼去,破门而出。秀峰和翠姑在前面,就着仆人开路的势头冲出门去。喜儿却被某个无赖伸手擒住,情急之下,我飞起一脚踹中那人的胳膊,他手一松,喜儿脱身逃出,我也跟着冲出去。只见仆人还守在门外,以防他们追出来抢人。

我赶紧问他:"喜儿呢?"

回答道:"翠姑上轿子走了,我只看见喜儿出来,没看见她上轿子。"

我急忙点起火把,果然一顶空轿子在路边。急忙追到靖海门,只见秀峰扶着翠姑,靠在轿子旁边。我们一商量,也许喜儿跑错了方向,于是我又转身找回去,过了住处十几家的地方,忽然听见暗处有人轻声喊我,用蜡烛照亮一看,正是喜儿。

于是赶紧扶她上轿子,秀峰也找了过来,说:"幽兰门那儿有个水道,可以出城,找人贿赂守门的来开门了,翠姑已经过去了,喜儿赶紧去！"

我说："你赶紧回住处，把那些无赖赶走，翠姑和喜儿交给我！"到了水道旁，果然门已经打开了，翠姑等在门边。

我就左臂挟着喜儿，右手挽着翠姑，弯着腰，小心翼翼地探路前行，跟跟跄跄出了水道。这时下起了小雨，路上湿滑难行，好容易到了沙面水边，水上歌吹欢闹还正在高潮。

有小艇上的人认识翠姑，赶紧招呼她上船，我这才注意到喜儿头发散乱，钗环首饰都不见了。急忙问："被人抢走了吗？"

喜儿笑着说："这些都是妈妈的，听说是赤金呢，所以妾身下楼前就都摘了下来，藏在衣袋里，免得万一被人抢去，还要连累郎君您赔偿。"

我听了这话，很是感激她的聪明厚道，让她重新梳头，戴好首饰。并拜托翠姑和她都不要告诉邵寡妇发生了什么，只是说住处人多杂乱，所以又把她们送回来了。

回到花艇上，翠姑按我说的告诉了邵寡妇，并说："酒菜都用够了，现在准备一点粥就好。"这时，寮楼上的客人已经走了，邵寡妇让翠姑和喜儿一起陪我上楼，这时我才看见两人的绣花鞋都已经湿透，沾满污泥。

寮楼上，我们三人一起吃粥充饥，又点起蜡烛絮絮谈天。经历了这一番，二女都敞开心扉，我这才知道翠姑是湖南人，喜儿是河南人。

喜儿本姓欧阳，父亲早亡，母亲再嫁，被凶恶的叔叔狠心卖进青楼。

翠姑便感叹风尘中迎来送往的苦楚，心里再悲伤也要强颜欢笑，不胜酒力也要勉强陪饮，身体不好时也不能休息调养，喉咙肿痛时还要唱歌助兴。更有性情乖张的客人，稍微有点不满意，就摔酒壶、掀桌子，破口大骂。当妈妈的完全不管是非，只责备姑娘们招待不周，惹客人生气。又有强横的客人彻夜蹂躏，没完没了，痛苦难耐。

说着，翠姑泪流满面。

喜儿年纪小，刚刚被卖到这里，妈妈总算怜惜她，还没有经历这些不幸，但听了翠姑的话，也不禁默默流泪呜咽。

我忙把喜儿揽进怀里，百般安抚劝慰。因为翠姑是秀峰的相好，这一夜我就让她睡在外面的榻上。

那夜之后，或者十天，或者五天，喜儿必定让人来请我，或者自己乘小艇到河边来接我。我去的时候只叫上秀峰作陪，不再邀请别的客人，也不再喊其他花艇上的姑娘。

如此一夜的费用，是四枚外国银元。

秀峰并不专一于翠姑，今天这个姑娘，明天那个姑娘，俗话把这种叫作"跳槽"，甚至还有时候，他一人叫两个姑娘来陪。

我则专心对喜儿一个人，偶然独自前往，或者和她在平台上小酌一番，或者在寮楼里聊天谈心，从来不勉强她唱歌，更不逼她喝酒，一味温存体贴，两人相处愉快，花艇中气氛温馨美满。

邻近的姑娘们都很羡慕喜儿,她们没有客人的时候,如果知道我在邵寡妇的花艇上,一定过来做客。时间久了,整个扬州帮的姑娘们,没有一个不认识我,每次我过去,打招呼的声音不绝,我也左顾右盼,应接不暇。据说即使是挥霍万两的豪客,也不能有这样的人气。

前后四个多月,我一共花了一百多两银子,尝到荔枝鲜果般的新鲜滋味,也是人生快事。

后来邵寡妇和我商量,让我五百两银子把喜儿买了,纳作小妾。我被她纠缠不过,便打算回家。而秀峰迷恋此间冶游,被劝着纳了一房妾,这才跟我返回家乡。

第二年,秀峰再次前往广州,但父亲不许我和他一起去了,于是我就到青浦知县杨公的官府做事。等秀峰回乡,带来喜儿的消息,说因为我没有再去,她几乎要寻短见。

唉,这真是"半年一觉扬帮梦,赢得花船薄幸名"啊!

◎ 半年一觉扬州梦,赢得花船薄幸名
化用唐代诗人杜牧《遣怀》的诗句,原诗如下——
落魄江南载酒行,楚腰肠断掌中轻。
十年一觉扬州梦,赢得青楼薄幸名。

我从广东回来,在青浦两年,没有什么可供记载的"快游"。不久,芸遇到憨园,既被辜负,又致使家中议论纷纷,伤心愤慨

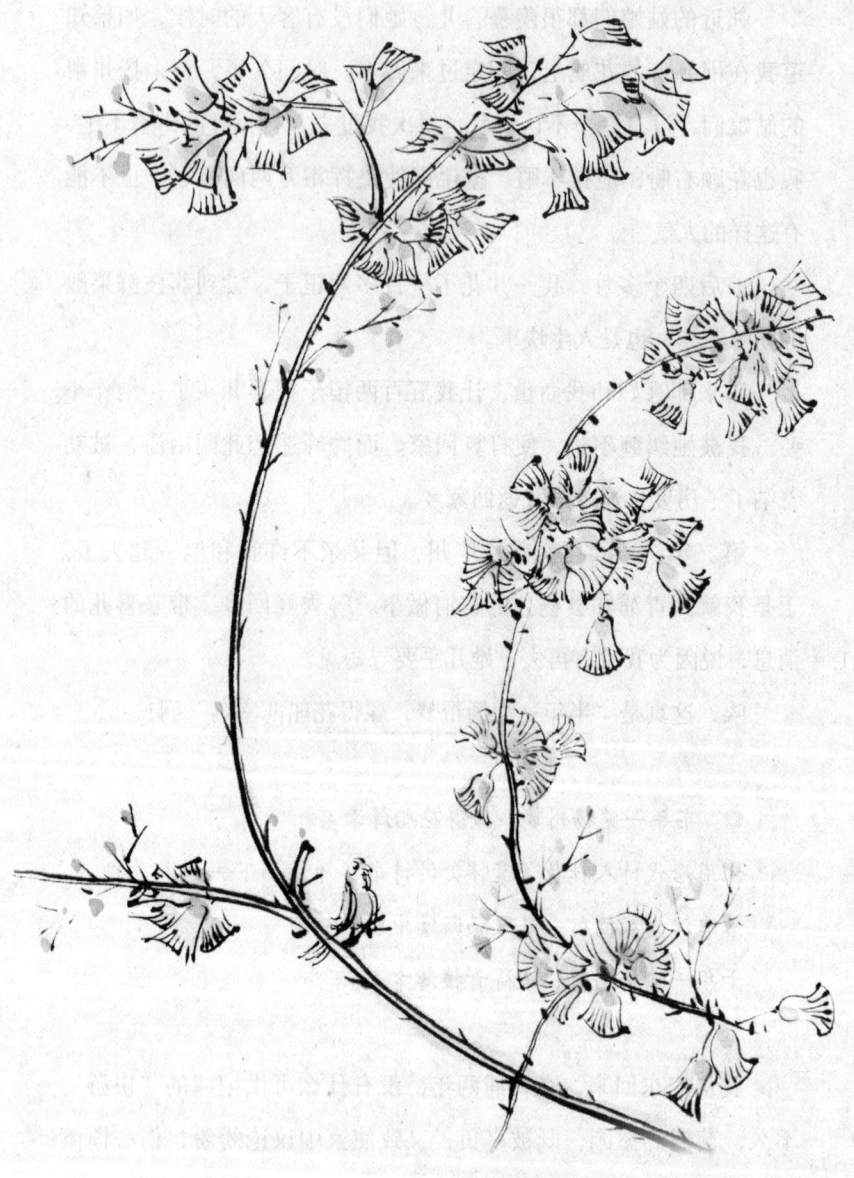

之下，一病不起。我就和朋友程君墨安一起，在家旁边设了个书画铺子，赚点医药费用。

这年中秋节后两天，有吴君云客、毛君忆香、王君星烂，都是好朋友，邀请我到西山小静室游玩。我正好手里有活儿，让他们先去。云客对我说："如果你能出城，明天中午我在西山前水踏桥的来鹤庵等你。"我答应了。

第二天，我留下墨安守铺子，独自步行出了阊门（苏州古城西门），到西山前，过水踏桥，沿着田埂一路往西，见到一座寺院，朝南，门口一条清澈的水流。

轻轻敲门，有人问："客从何来？有何贵干？"

我说到来鹤庵见朋友，庵中人笑着说："这是得云庵，不是来鹤庵，客人没有看见题字吗？您已经走过来鹤庵了。"

我说："从踏水桥过来，并没有看见其他寺院啊。"

那人就指着所来之处，说："客人看见那土墙没有？里面修竹森森，就是来鹤庵。"

我便折返，来到土墙下，小小的院门紧闭，从门缝里窥进去，只见矮矮篱笆，曲折小径，满院绿竹摇曳，寂静不闻人声。试着敲了敲门，无人应答。这时有个过路人告诉我，墙上有个洞，洞里的石头是专门敲门用的。

我取石块敲门，果然一个小沙弥出来开门。我就沿着小径往里走，过了一座小石桥，往西一转，这才看见寺门，挂着一块黑漆匾额，写着"来鹤"二字。

后面还有长长的题跋，一时来不及细看。

进入寺门，走过韦陀殿，只见四处洁净无比，不染纤尘，便知道这是一个好去处。

这时左边廊下一个小沙弥拿着壶出来，我喊住他，正要打听云客等人何在，就听见屋子里星烂大笑道："怎么样？我就说三白不是言而无信之人！"

接着云客就迎了出来，还埋怨道："还说等你吃早饭呢，怎么来得这么晚？"

他身后跟着一个和尚，向我稽首行礼，我也赶紧回礼，问和尚法号，知道是竹逸和尚。

进到内室，只有小小三间，门上挂着"桂轩"二字。院子里果然有两株桂花，正在盛开。席上荤素菜肴都精致干净，白酒黄酒都有。星烂和忆香一见我，就嚷嚷罚酒三杯！

我便问他们到哪里去游玩了。云客回答："昨天来得就晚，今早只去得云庵和河亭逛了逛。"

这一通酒，大家喝得很是开心。酒足饭饱，仍然从得云庵、河亭逛起，赏玩了八九个地方，一直逛到小华山（苏州西北郊也有一座"华山"，又称小华山），各处都有佳妙风光，一时也不能尽皆说到。

小华山顶有莲花峰，到时已经日暮，便约定日后有时间再来游玩。吾乡桂花之盛景，首推此处。于是我们在花下喝了一道好茶，就乘着山间的舆轿回到来鹤庵。

来鹤庵桂轩的东边,有个小阁子名为"临洁",竹逸已经摆好酒菜等着我们了。这位和尚沉静寡言,但是非常好客,酒量也极好。开始时我们折了枝桂花玩击鼓传花,接着每人行了一个酒令,一直到二更时分(晚上9点—11点)。

我还不尽兴,说:"今夜月色这么好,如果就此倒头睡觉,未免辜负了月光如水,不知附近哪里有开阔的高地,一起赏月,才不使如此良夜,虚掷空度啊。"

竹逸和尚说:"不妨登上放鹤亭赏月。"

云客说:"星烂带了琴来,一直没有机会弹,不如到那儿为我们弹奏一曲,如何?"

星烂欣然答应,我们就一起到了放鹤亭,一路霜林染红,金桂怒放,幽香浮动,长空皓月,万籁俱寂。星烂便弹了一支《梅花三弄》,琴声伴着月光,更加飘飘欲仙。忆香也逸兴横飞,掏出袖中铁笛吹奏了一段,呜咽动人。

云客说:"今晚那些挤在石湖(太湖支流,在苏州城西南十余里上方山东麓)看月的人,哪里能有我等这样的清欢逸兴啊!"

吾乡风俗,每年八月十八日,在石湖行春桥下举行"串月会",游船云集,彻夜笙歌娱乐,名为"看月",其实就是俗子们带着妓女喝酒胡闹而已。

不一会儿,明月西沉,寒霜满天,我们这才尽兴而归。

第二天清晨,云客对大家说:"这里有一处无隐庵,偏僻幽静之极,不知诸君曾有人去过吗?"

众人回答:"别说去了,听都没听说过。"

竹逸和尚就告诉大家:"无隐庵四面都是山,地方非常僻静,就连僧人也无法常年久居。往年我曾去过一次,当时已经坍塌荒废,听说彭居士尺木先生(彭际清,字允初,号尺木,当时著名的居士、佛学家和慈善家)将之重新修葺一番,我还没有去过。但总算依稀记得路径,如果诸君打算前往一游,我倒是可以做个向导。"

众人都说要去,只有忆香说:"可不能饿着肚子去啊。"

竹逸和尚笑道:"已经为诸君备好了素面,再让人带酒同行。"

吃完面,我们步行去探访无隐庵,路过高义园,云客想去白云寺玩,刚进寺门坐下,出来一个和尚,向云客拱手行礼,开口就问:"两个多月不见了,不知城中有什么新闻?抚军大人(清代巡抚亦称"抚军")还在城里吗?"

忆香立刻起身,骂出一个字"秃——"拂袖就出门了,我和星烂忍俊不禁,跟着他跑了。云客和竹逸和尚与之寒暄了几句,也告辞出来。

高义园就是范仲淹范文正公的墓园,白云寺在旁边。寺中有一处亭台,正对着一面石壁,石壁上藤萝垂悬,下面凿出一个水池,方圆一丈(3米多),池水清澈碧绿,金色的鲤鱼在其中游弋,名为"钵盂泉",摆着竹风炉,可以煮茶。后面是一片绿树,俯瞰范园全貌,非常清幽。可惜寺中和尚俗不可耐,使人无法久坐。

随后我们经上沙村,过鸡笼山,正是当年我与鸿干兄登高远眺之处,风光景物依旧,鸿干兄已经离世,真让人不胜感慨。(此时距鸿干去世已经过去了十七年。)

正惆怅时,忽然前路被溪流阻挡,看见三五个村里童子在乱草丛中采蘑菇,探出头来,笑嘻嘻的,仿佛在奇怪哪里来的这些人。

我们向童子们问路,回答说:"前面水流更大,没有路可走,要往回走几步,南边有条小路,翻过山坡就到了。"

按照童子们指的路,我们继续前行,翻过山坡,往南走了一里多,路边渐渐杂树丛生,绿竹成林,四周都环绕着山丘,小路被绿草覆盖,寂然没有行人留下的痕迹。

竹逸和尚四下打量,犹豫不决:"好像就是这里,但是找不到路了,怎么办?"

我就蹲下来仔细辨认路径,看见丛生的竹林后隐约有乱石砌成的院墙,一条隐约的小路穿过竹林。我们勉强在竹林中穿行,边走边找,终于看到一扇门,门口有题字,写的是:无隐禅院,

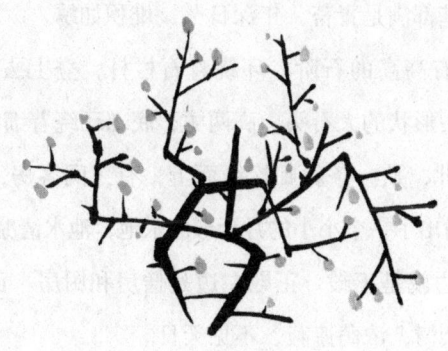

某年月日南园老人彭某重修。

众人大喜，都说："今儿要不是三白兄，我们就要如古人一般，寻武陵源而不可得了。"

但是这扇门关得紧紧的，敲门许久也无人应答。旁边一扇小门却忽然打开，出来一个衣衫破旧的少年，面有菜色，脚上的鞋子也不成样子，问道："客人们有何贵干？"

竹逸和尚稽首为礼，说："仰慕此处幽雅僻静，特来拜访。"

少年说："穷乡僻壤，僧人们都已四散，无人接待，还请往别处游玩吧。"

说完，少年就要关门，云客急忙上前致意，期望进寺一游，并表示必有酬谢。

少年笑道："这儿连茶叶末子都没有，只怕怠慢了客人，还说什么酬谢。"

于是打开寺门，请我们进入。

一进寺中，就看见佛像端严，金光与周遭的绿荫相辉映，庭前石阶和台基都满是青苔，年深日久，堆积如绣。

佛殿后有高高的石阶，环绕着石栏杆，登上去往西走几步，看到一个馒头形状的大石头，高两丈，底部环绕着细竹。

再折向北，从一条斜廊拾级而上，有三间客房，正对着大石头，石头下凿出了一个小小的月牙形的水池，池水清凉，水草丛生。

客房东边就是正殿，正殿左边是僧房和厨房。正殿后面就是峭壁，长满杂树，浓荫遮蔽，不见天日。

星烂到这里已经筋疲力尽，坐在池边休息。我正要和他一起坐下，忽然听见忆香喊道："三白兄快点来！这里有妙境！"声音仿佛在树梢。仰头看时，却找不到他的人在哪里。于是和星烂一起循声找过去，从东边一个小门出去，往北，有几十级石阶向上，仿佛一架高高的梯子，隐约瞥见上面竹林之中，有一座小楼。

从石阶上到小楼，楼中四面开窗，匾额题着"飞云阁"，周围都是山，如围城一般环绕，只有西南方向有个缺口，远远看见水天相接，隐隐风帆来去，原来那就是太湖。

再从窗户往下看，风吹过竹海，如田野中翻起的麦浪。忆香问："怎样？"

我答道："果然妙境。"

话音未落，又听见云客的喊声："忆香兄快来！这里的风光更妙！"

我们忙下楼，循声往西，上了十几级台阶，前方豁然开朗，是一处平坦的台地，估摸位置大约在寺院正殿后的峭壁之上，还有一些残砖剩瓦，想来昔日也曾有佛殿在此。

此处环顾群山，比在小楼上更开阔畅快。忆香忽然兴起，对着远方的太湖长啸一声，一时间群山回应，余音不绝。

我们就在这里摆开酒水，却发愁没有东西充饥。少年原本打算煮一点锅巴代替茶水奉上，我们请他直接煮成粥，又拉他入席和我们共饮，并问此处何以冷落成这样。

少年告诉我们，这里是崇宁寺（在阳澄湖畔，是南北朝时修建的古刹,南朝梁武帝崇佛,四次出家都在此寺)的一个别院,附近没有人居住,但夜间常常有盗贼出没,存一点粮食就被偷走。就算种些蔬菜水果,也总是被砍柴的人顺走。所以现在就靠崇宁寺的香积厨每个月送一担锅巴、一坛腌菜糊口。

原来这少年就是重修此寺的彭尺木先生族人,也是暂时在这里居住看守,不久就要回家乡。到那时,无隐庵又要荒无人迹了。

离开时,云客给了少年一块银元,作为答谢。

回到来鹤庵,我们雇了条船回家。事后我画了一幅《无隐图》赠给竹逸和尚,以纪念那几天的"快游"之乐。

这一年冬天,我为朋友作保借债,反被连累,与家人失和,被迫离家,与芸寄居锡山华家。(详见卷三《坎坷记愁》)

第二年春天,我打算去扬州谋生,但囊中羞涩,恰好有个老朋友韩君春泉在上海县府,于是前去拜访。自知衣衫破旧,不合适直接上县府,就递了封短信约他到郡庙园的亭子里见面。

春泉见到我,知道我的处境,慷慨地借给我十两银子。

郡庙园由外国商人捐资修建,面积很大,视野开阔,只可惜各处景致的营造杂乱无章,后园堆叠的假山也没什么起伏照应。

回锡山的途中,我忽然起兴,想往虞山(在江苏常熟,古称乌目山,北濒长江,南临尚湖)一游,正好有船前往,就顺便搭上。

那时正是浓春风景,一路桃李争妍,只可惜无人与我同游。

到虞山随意住下后，我揣了三百文钱，溜达到虞山书院（原名文学书院，创立于元代），从墙外看过去，只见轻红软白、繁花满树，枝叶交错生姿，更有山水映衬，景致幽雅而富有情趣，只可惜没有机会进去游玩一番。

正打算问路时，见到一个茶摊，坐下来休息，点了一壶碧螺春，茶极好，便向摊主打听虞山哪里风光最好，一个游客说："从这里往西，快到剑门（在虞山最高峰锦峰，绝壁中开如劈，传说吴王夫差在这里试莫邪剑，劈出这么一道，故称剑门）一带，是虞山风景最佳处，如果您想要前往，我可以做向导。"

我高兴地跟着他走，出了西门就到山脚，顺路而上，高高低低走了几里，山峰渐渐变得奇崛，山石都作横纹，到了剑门，却是一座山峰被从中分开，分开处的石壁凸凹不平，高数十仞（古代一仞是1.8米左右）。走近仰视，只见顶端有巨石倾斜，仿佛马上就要滚落下来。带我来的那人说："传说上面有神仙洞府，景色如仙境，可惜没有路上去。"

我一时豪兴勃发，挽起袖子，扎好衣摆，攀登而上，一直爬到峰顶。原来所谓洞府，不过一丈多深，洞顶的石壁上有缝隙，漏下天光。再往下一看，吓得我双腿发软，差点摔了下去，于是面向山壁，抓着垂落的蔓藤，慢慢地滑了下去。

下面那人还感叹："先生您真有豪情！太厉害了！我还没见过谁有您这样的好兴致呢！"

这时我口干舌燥，只想赶紧喝两杯，便拉着此人到路边小店小酌一番。出来时天色将晚，就没能游玩其他景观。捡了十几块赭红色的石块，揣回住处。然后搭夜航船到苏州，又返回锡山。

这算是我在愁苦生涯中的一次快游。

有所感

年少的时候看到这里，觉得沈复实在是没心没肺，都那样山穷水尽了，还有闲心在这里"快游"？

但后来再看时，我就懂了。

当我也经历了自己人生中的困境与愁城，当我也觉得自己被生活捉弄和碾压，之后我才懂得，唯有在那样的时候，感觉才会变得格外敏锐，才会特别觉得那属于自己的片刻的天光与自在有多么珍贵美好。

在这本书里，沈复一字一句记录下来的，是生活本身，是真实存在过的人生。人生就是这样，生活也就是这样，给你青春欢乐的时光，给你虚荣风光的片刻，给你能够掌握命运的错觉，给你爱人、朋友，给你好心情，然后再毫不在意地逐一拿走。

在这样的过程中，能不能保守住自己的本心，能不能留存住对美的感悟，能不能保持住生命的活力和爱的能力，那是每个人自己的事儿，是每颗心、每个灵魂独自的修炼。

归根结底，每个人的人生，其实就像那个古老的寓言故事，被猛兽追赶着跌落悬崖，抓住一根树枝，而树枝正在一点点地折断……这时，在触手可及的地方，会有新鲜甜美的野果，等着你品尝。

人生中的意义、价值与快乐，就在你小心地摘下野果，细细地品尝它美妙味道的时刻。

也正是这样的时刻，使我们心存感激，觉得没有白来这一世。

正如有一首老歌《I hope you dance》，亦舒是这样翻译的——
当面对困境，你有选择，
你可以坐困愁城，你也可以跳舞，
我情愿你跳舞，我情愿你跳舞。

同样，当生活的重负压向我们曾经自命风流、天真快乐的男主角，看着他或许来得有些太晚的成长，看着他笨拙甚至是徒劳地与之抗争的时候，我们何尝不曾希望，有这样的片刻。

——我情愿你片刻"快游"。

嘉庆九年（1804年）春天，父亲去世，我心灰意冷，只想抛家弃世，远离红尘，幸而有朋友夏揖山将我留在他家中。到了八月，他往东海永泰沙收租，邀请我一起去。

永泰沙隶属崇明县，出了刘河口（即浏河入海口），海上航行一百多里就到了。这是一片新形成的沙洲，正在开辟之中，连街市都没有，放眼看去，人烟稀少，只见大片大片的芦苇，满目苍茫。最大的建筑群就是丁家的几十间仓房，四面挖出河沟，沿岸种着柳树。

丁氏是这里最大的一户人家,本家在崇明,在永泰沙的丁家人名宝初,带着一位账房先生,姓王。两人都豪爽好客,不拘礼节,与我们一见如故,杀猪设宴,整坛喝酒。在这里,酒令就是最简单痛快的划拳,根本不整诗词文赋那一套;高兴起来就放声歌唱,也不管合不合音律,在不在调子上。喝到兴头上,宝初指挥手下的工人们打拳摔跤,戏耍娱乐。

丁家养了一百多头大公牛,都在河堤上露宿,又养了几只机警的鹅,训练牛听鹅叫声为号,以防备海盗。

闲来无事,他们天天架着猎鹰,赶着猎犬,在沙洲和芦苇丛中打猎,猎物多是飞禽。我也跟着他们奔驰田猎,累极了倒头就睡,什么心思都抛开来。

宝初又带着我们去看成熟的庄稼。田地围着高高的堤坝,按字号分隔开来,为防备涨潮,堤坝间挖出排水洞,安上闸门,干旱时就开闸引水,水太多了就在落潮时打开闸门,让水排出。手下的佃农们都四散忙活,但一声招呼,就全拥了过来,把宝初叫作"产主",对他很是尊敬服从。

这些人都极质朴诚实,如果遇到不公正之事,则会发怒狂暴,蛮横如虎狼,可若是听到一句公平贴心的话,立刻心服口服,欣然拜倒。

每当风雨之时,岛上恍若太古洪荒之地,躺在床上往窗外看去,就能看见冲天的海涛起伏翻滚,而如战场鸣金擂鼓一般的潮声仿佛就在枕头旁边。

有一夜，几十里外的海面上忽然出现斗大的红灯笼，随着海浪起伏，又看见红光冲天，就像是海中失火了一样。

宝初说："出现这样的神灯和神火，预示着过不了多久，水面又将形成新的沙洲。"

揖山一向爽朗豪侠，性情热烈，到了这里更是放飞自我。我比他还要肆无忌惮，也曾骑在牛背上放声高歌，也曾醉后在沙滩上手舞足蹈，全凭着兴之所至，尽情发泄，真是生平从未有过的无拘无束的快游啊！

到办完事情，已经是十月了，我们这才回家。

吾乡苏州，虎丘风光天下闻名。依我看来，虎丘最好的景致在后山"千顷云"一处，其次是剑池（在虎丘宝塔下，传说为吴王阖闾铸剑处，池下即是阖闾墓并埋有众多良剑，因此得名剑池），其余的景点多半都是借助人工斧凿而成，且早就被庸脂俗粉玷污，全无山野林泉的本色风貌。

新近开发的景点，如白公祠、塔影桥（嘉庆三年，当时的苏州知府任兆炯在山塘街原蒋氏塔影院遗址修建白公祠，门首筑拱形青石桥，即为塔影桥），也不过是附庸历史上的名士营造出的风雅名气。至于冶坊滨，我曾开玩笑地改名为"野芳滨"，也是因为此处不过是妖冶脂粉出没之地，全无格调，只好叫作"野芳"。

城中的美景，最有名的要数狮子林（在苏州城东北，始建于元代,为狮子林禅寺的园林,禅寺后改名为圣恩寺,园林仍沿袭旧名。与拙政园、留园、沧浪亭并称为苏州四大名园),虽然传说这园子是倪云林的手笔(倪云林,即元末明初著名书画家倪瓒,画风萧疏,意境深远,据说他曾参与狮子林的营建,并绘有《狮子林图》),而且园子里也确实有一些玲珑奇石、参天古木,但整体看来,全无章法格局,就像是胡乱堆砌的煤渣,长了点苔藓,凿了几个蚂蚁洞,就妄称山水了,其实完全没有山野林间的意趣。——也可能是我见识短浅,管中窥豹,看不出这座名园的佳妙之处。

还有灵岩山,据说是吴王夫差馆娃宫(即传说中夫差为西施修建的奢华宫殿,并在此尽情享乐,直至亡国)的遗址,有西施洞、响屟廊、采香径等众多传说中的旖旎风光。但是布局散漫,全无章法,没有内在的气韵贯通,不如天平山、支硎山那些别有幽深野趣的景致。

邓尉山又名元墓山(应该是玄墓山,原名光福山,在光福镇西南,相传东汉太尉邓禹曾隐居于此,改名邓尉山。一说北峰为邓尉山,南峰为玄墓山。——顺便一提,这个邓禹可是个牛人,汉光武帝刘秀得天下后,在云台阁绘"云台二十八将",邓禹排第一!),西临太湖,东对锦峰山,山石呈现出淡淡的绛红色,映衬着山上建筑的翡翠屋顶,仿佛图画美景。当地人多

以种植梅花为生,花开时绵延几十里,仿佛漫山遍野的积雪,一望无际,因此名为"香雪海"("香雪海"之名,为康熙时江苏巡抚宋荦所拟。——这位宋荦也是当时的大才子)。山的西麓有四株古柏,分别名为"清""奇""古""怪":名为"清"的笔直挺立,枝叶青翠茂密如伞盖;"奇"者卧倒地上,拧成三道曲折线条,仿佛一个"之"字;"古"者矮矮胖胖,枝叶脱落殆尽,半边已经朽坏,像个残缺的手掌;"怪"者呈螺旋状向上,每根枝干都被卷进这奇特的旋涡中。相传它们都是汉代以前遗留下来的。

嘉庆十年(1805年)正月,揖山的父亲夏公莼芗先生,和他的弟弟夏公介石先生,带着子侄辈的四个人到嵤山夏家的祠堂祭拜,并上祖坟扫墓,把我也带上同往。

此行顺路先到了灵岩山,出了虎山桥(在光福镇西北,跨虎山和龟山山脚),从费家河进香雪海观赏梅花,夏家的嵤山祠堂就在香雪海之中,当时正值花期,身在其中,呼吸谈吐都仿佛充盈着梅花的香气。回来后,我为介石先生画了十二幅《嵤山风木图》。

这一年九月,我跟随石君琢堂往四川重庆赴任。沿长江逆流而上,先到皖城(即今安庆市),皖山(即天柱山,又名潜山,在安庆潜山县西部,安徽称"皖",即由此山而来)山麓有元朝末年

忠臣余公的墓地（这里的"余公"，指的是余阙，字廷心，一字天心，元朝末年守安庆与红巾军激战百余场，城破后自沉安庆城西门外清水塘，谥号忠宣），墓地旁有三间的大观亭（明嘉靖四年，安庆知府有感于余阙的忠勇，在他的墓旁修建了大观亭，后与武昌黄鹤楼、江州庾楼并称为"长江三楼"），面向南湖，背倚潜山，正在山脊处，远眺极为开阔畅怀。亭畔一带深廊，朝北的窗户洞开，正好看见漫山遍野的红叶，艳如桃李。同游的有蒋君寿朋、蔡君子琴。

出皖城南，又有王氏故园，这块园地东西长，南北短，因为北边正靠着城墙，而南边又是一处湖水。受限于地形，很难布局，但我仔细观察了这园林的构造，发现把重台叠馆之法用得极妙。

所谓"重台法"，指的是在屋子上搭出月台，营造成庭院，堆叠奇石，种植花木，让游人不觉得下面是屋子。如果下面是屋子里的墙石等"实处"，上面就堆叠奇石；如果下面是空间，就种植花木，因为花木在空间之上，仍能得地气而生长。

所谓"叠馆"，指的是在楼上搭出轩室，在轩室上再开辟平台，上下数层，重叠盘曲，营造出变化之势。更高明的还能在其中做出小池子，池水悬空而不渗漏，虚实交错，让人无法判断是在地面还是在空间。

我仔细看了，王氏故园里建筑的根基处都是砖石砌成，承重的地方用的是西洋立柱的法子。更得天独厚的是，这园子面对皖城南湖，一眼望去全无其他建筑阻挡，游览其中，使人心情开阔畅快，远远胜过仅仅在平地上筹划营建的园林，实在是高手造就的奇绝景观。

之后我们还到了武昌黄鹤楼（在武汉长江南岸蛇山顶，始建于三国时代吴国黄武二年，与岳阳楼、滕王阁并称"江南三大名楼"），黄鹤楼在黄鹄矶上，楼后山峦逶迤，即黄鹄山，俗称"蛇山"。

黄鹤楼共有三层，飞檐斗拱，雕梁画栋，背靠江城，屹立江边，一边是长江，一边是汉江，与汉阳（武汉三镇之一，在汉江之北，故名"汉阳"——古代山的南面水的北面称为"阳"）的晴川阁（在汉阳龟山东麓禹功矶，始建于明嘉靖年间，得名于唐代诗人崔颢写黄鹤楼的著名诗篇中"晴川历历汉阳树"一句）隔江相对。

琢堂和我在一个大雪天冒雪登黄鹤楼，仰视长空，只见雪片如琼花散落，随风飘舞，远近的山川树木银装素裹，如琼枝美玉，一时间仿佛身在瑶池仙境。江中仍有小舟往来，就像浪花中的落叶，随波纵横，此情此景，使人的追名逐利之心转为淡泊。

楼上墙壁间留下了很多诗词题咏，不能一一记忆，但一副楹联却是记忆犹新，写的是：

何时黄鹤重来，且共倒金樽，浇洲渚千年芳草；
但见白云飞去，更谁吹玉笛，落江城五月梅花。

黄州赤壁（即"东坡赤壁"，也就是所谓的"文赤壁"，在今湖北黄冈市黄州区）在汉阳府府城汉川城外，岿然屹立在江边，峭壁仿佛被刀剑截开，山石都是赤红色，所以名为"赤壁"。《水经》（两晋时郭璞所著，宋代以后多说是桑钦所著，为中国历史上第一部记述水系河流情况的专著，后被郦道元改编为《水经注》）中将此处称为"赤鼻山"。苏东坡曾在此作前后赤壁赋，把这里当作三国时吴魏赤壁大战的遗址，这是不对的。

在苏东坡的赋中，赤壁下临江水，但现在其下已经是陆地了，山上有一座"二赋亭"。

这年十一月，我们到了荆州（著名古城，又称江陵，在江汉平原西南，荆江北岸），接到消息，琢堂升任潼关道台，他先行赴任，把其子敦夫和家眷，以及蔡君子琴、席君芝堂等幕友都留在荆州，我也留了下来。很是惆怅没有机会得见蜀地的山水风光。

在荆州，我们寄居一处荒废了的刘氏故园，我记得前厅的匾额题着"紫藤红树山房"。园子里的小径石阶都有栏杆，园中凿了一个方形的水池，池中修了个小亭子，有石桥连通。亭子后有一座假山，山上杂树丛生。此外多是空地，亭台楼阁大半都坍塌了。

客居此地，闲来无事，我们或者吟诗啸傲，或者结伴出游，或者相聚清谈。时值岁末，盘缠渐渐用尽，但上下诸人都和睦快乐，典当衣物买酒作乐，还买了锣鼓助兴。每天晚上都要聚饮，每次聚饮都要行酒令。最窘迫的时候，喝的是最便宜的烧刀子，也还要一本正经地大行酒令。

在荆州，我们遇到一位姓蔡的同乡，子琴和他聊天，发现两人同族，就请这位蔡君带我们游览当地的名胜。

蔡君把我们带到府学前的<u>曲江楼</u>，昔张九龄为长史时，赋诗其上，朱子（指朱熹，宋代大儒，他曾在此写过《江陵府曲江楼记》）也曾留下诗句：相思欲回首，但上曲江楼。

◎ 曲江楼

俗称"南门楼"，在荆州城南门，唐代张九龄贬荆州长史时，常在此登临赋诗，因为唐代名相、大诗人张九龄籍贯广东韶州曲江，当时习惯称之为"张曲江"，曲江楼因此得名。

张九龄写曲江楼，最有名的是一首《登郡城南楼诗》——

闲阁幸无事，登楼聊永日。

云霞千里开，洲渚万形出。

澹澹澄江漫，飞飞度鸟疾。

邑人半舻舰，津树多枫橘。

感别时已屡，凭眺情非一。

远怀不我同，孤兴与谁悉。

平生本单绪，邂逅承优秩。

谬忝为邦寄，多惭理人术。

驽铅虽自勉，仓廪素非实。

陈力倘无效,谢病从芝术。

朱熹的诗句出自《短句奉迎荆南幕府》,全诗如下——
军府资长算,家山辍胜游。
故人千里别,归骑两年秋。
吊古宁忘恨,开尊且破愁。
相思欲回首,但上曲江楼。

城中还有雄楚楼(位于荆州北城垣),据说是残唐五代时高氏(荆南节度使高季昌)所建,规模雄伟,高耸峻峭,登楼远望,几百里外的景物尽收眼底。城外荆江和护城河环绕,两岸种满垂柳树,小船往来穿梭,风光如画。

荆州府的府衙就是当年壮缪侯关羽(关羽谥号"壮缪",所以原文称"关壮缪")的帅府,仪门(即礼仪之门,明清时官府的第二道正门称仪门)里还有一个断裂的青石马槽,传说就是当年养赤兔马的食槽。

我们又到城西的小湖上去寻访传说中罗含(字君章,东晋著名思想家、文学家,有"东晋第一才子"之称)的故宅,却没有找到。

又往城北去寻访宋玉的旧居,仍然没有找到。传说昔年庾信遇到侯景之乱,逃到江陵,就住在宋玉的旧宅。之后世事变迁,诗人故居改为酒家,而今已经无迹可寻了。

这一年除夕,下大雪,天气寒冷,进入新年,客居他乡,没

有拜年应酬的烦扰,每天就是点爆竹、放风筝、扎纸灯,悠然自得其乐。

随后春回大地,天气日暖,春风细细,春雨霏霏,春暖花开之际,琢堂的家眷带着年幼的子女,登船启程。

我们则和敦夫一起收拾行装,从樊城(在汉水中游襄阳市)登陆,直接前往潼关。

经过河南阌乡县(在今河南灵宝)西出函谷关,关口有"紫气东来"四个大字,据说就是老子骑青牛西去时所经过的地方。道路很窄,只能容两匹马并行,两旁都是山。

出函谷关十里左右,就到了潼关(又名潼谷关,在今陕西渭南市潼关县北)。潼关北临黄河,南据峭壁,在山河之间,扼守要冲而雄起,重重城楼,累累城垛,非常雄伟险峻。登关四顾,几乎看不见车马痕迹,人烟也稀少,韩愈曾有诗句"日照潼关四扇开",莫非是形容此地的冷落荒凉?

◎ 日照潼关四扇开

诗句见韩愈《次潼关先寄张十二阁老使君》，原句为——

　　荆山已去华山来，日出潼关四扇开。

　　刺史莫辞迎候远，相公亲破蔡州回。

潼关城中除了琢堂这位道台之外，只有一位别驾。道台府靠近北城，后面有一个园子，大约三亩地的面积，东西两头各凿出一个池子，池水从西南墙外引进来，分成三条水道，一道向南，流到大厨房，供日常用水；一道向东，流进东池；一道向北再折向西，经过一个石制螭形入水口喷入西池，再归总到园子西北角的一个出水闸，经城墙脚下向北流进下水道，一直排进黄河中。水道日夜环流，清澈怡人。

园子里绿树成荫，修竹青翠，仰头不见天日，很是荫凉。西池中有亭子，围满荷花。东边有三间书屋，朝南，庭前有一架葡萄，下面摆放着方石桌椅，可以在此小酌或下棋，庭外遍植菊花。西边有三间屋子，静坐其中，可以听见潺潺流水声，屋子南边有一道小门，可以通往正屋内室。北屋窗下还有一个小小的水池，池对岸有一座小庙，里面供奉的是花神。园子中间还有一座三层小楼，正靠着北城墙，顶楼与城墙平齐，登楼即可俯视城外的黄河，河对岸群山如屏，已经是山西境内了，风景开阔，洋洋大观。

我住在园子的南边，屋子是船形，庭前有假山，山上有小亭子，从亭子里可以看见园中全貌。周围被绿树环绕，浓荫蔽日，夏天清凉舒适，琢堂为此处题名为"不系之舟"。这是我做幕僚以来最好的住处。

我在假山周围种了几十株菊花，可惜还没等它们长出花蕾，琢堂又升任山东按察使，全家搬出道台府，借住在潼川书院（潼川草堂书院，乾隆十五年创办，其地原为草堂寺，据说是杜甫居留潼关时所住之处），我也搬到了那里。

琢堂先行前往山东济南赴任，我和子琴、芝堂陪伴他的家眷暂时羁留潼关，日常无事，时时相约出游。曾骑马到华阴庙（即西岳华阴庙，在陕西华阴东五里），途中经过华封里，即传说中尧帝接受"华封三祝"之处。

◎ 别驾

清朝时已没有"别驾"这一官职，一般用来代指通判。所谓通判，也称"分府"，辅助知府，分管粮、盐、都捕等，为正六品，多设于边陲地方。

◎ 螭形入水口

螭为"龙生九子"之一，造型为无角龙，嘴大，腹能容水，在建筑中多用于排水口，称为"螭首散水"。

◎ 华封三祝

传说尧帝巡游至华州，此地人寄予三个祝愿，"使圣人富，使圣人寿，使圣人多子"，后成为一个成语，意即美好的祝愿，也是一个传统的吉祥纹样。

华阴庙里有很多秦汉时留下的槐树柏树，都要三四个人才能合抱，还有不少柏树中长出槐树，或槐树中长出柏树的"抱树"奇观。

庙里殿中有很多古碑，最有名的是"福""寿"二字，据说是陈抟老祖写的。

华山脚下还有一个玉泉院，据说陈抟老祖就在这里化形登仙而去，把残骸留在人间。这里有急流的泉水，修竹环绕，水质清澈，水中沙石明净，遍生一种绛红色的小草。院中还有一个小小的石洞，如一间斗室，里面有一张石床，床上有老祖的卧像。洞外有个方形的亭子，题着"无忧亭"三个字。旁边有三株古树，树干裂开，裂纹仿佛木炭，树叶像槐树，但颜色更深，不知是什么树，当地人把它叫"无忧树"。

于此处仰望华山，高耸入云，不知有几千仞。可惜我们没能带着干粮登山一游。

归途中经过一片柿子林，柿子都已经变成黄色，我骑在马上伸手摘下来就吃，当地人赶紧阻止，却已经晚了。嚼了满口的涩味，我赶紧吐出来，跳下马，找到泉水漱口，这才能开口说话。

当地人都大笑起来，原来柿子摘下来后，要先用水煮过，去除涩味，才能食用。

到了这一年的十月，琢堂从山东派人来接家眷，我们就离开了潼关。经过河南进入山东，到了山东府城济南。

济南城西的大明湖，有历下亭、水香亭等景观。到了夏季，柳荫深深，荷花送香，在湖上泛舟，小酌一番，很有幽雅趣味。但我去的时候是冬天，只见寒烟败柳，水面一片苍茫。

趵突泉被称为济南七十二泉中的第一泉，一共有三个泉眼，泉水从地底喷涌而出，怒涛汹汹，仿佛沸腾一般。世间的泉水多半是从上往下流，只有趵突泉是从地下涌出，也是奇怪。

泉水旁有座小楼，楼上供奉着吕洞宾，来往游客往往在这里取泉水沏茶品饮。

到第二年二月，我到莱阳县就职。秋天时琢堂遇事降职，改任翰林院编修，我也和他一起进京。山东境内的其他胜景，如传说中的登州海市，就此失之交臂，无缘一见。

◎ 翰林院编修

清代翰林院编修为正七品，并无实职，有时会赐给革职官员养老，琢堂就属于这种情况。

◎ 海市

即海市蜃楼，古代书籍文赋中有许多记载，在山东登州蓬莱阁以北的海面上出现海市蜃楼的奇观，因此登州海市闻名天下。

今天我们能够看到的,确定无疑由沈复所撰写的《浮生六记》,至此便告一段落,这个结束如此突兀,更像是一个人生中的逗号,而非句号。至于他此后的人生,我们几乎无从知晓。

有人说他落魄京师,穷困潦倒,郁郁而终;也有人说他继续着快意的浪游,甚至远渡琉球,最终得享天年。作为读者,我当然更愿意相信后一种结局。正如我始终抱持着某种希望,也许那散失的最后两卷,会有一天奇迹般地重新出现。

至于曾经出现的最后两卷《中山记历》和《养生记逍》(也有作《养生记道》),其是非真伪,众说纷纭。我无意在此作考据文章,只能说以我的判断,我更倾向于认为它们是"同人之作",是后世喜爱《浮生六记》的不知名的作者,用自己的笔,试图弥补原作散失的遗憾。

有说法认为后两记的作者为近代文人郑逸梅。但事实上郑老出来澄清过,只是曾有人请他代笔,但他拒绝了。

甚至还有一种说法,认为这后两记不知名的同人作者,就是大名鼎鼎的曾国藩。——当然,这实际上是因为最后一记《养生记逍》多处借鉴曾国藩《求阙斋日记类钞》。

而且如果按照这种说法,更有可能成为"作者"的岂非是清代名臣张英,因为《养生记逍》里引用《求阙斋日记类钞》的有八处,而引用张英的《聪训斋语》的有十一处。

但有意思的是，这些传闻表明，就连《浮生六记》的"同人"，也已经衍生出了它自己的"同人传说"。由此可见，这世间不肯让如此轻盈美妙的文字就此残缺的，实在是大有人在。

然而，有的时候，我们也不得不接受这样一个事实，这世间，就是有美好的文字，终于还是残缺不全，就是有动人的故事，我们不知其结局。于我而言，那种感觉，就像是看着发黄的照片上曾经亲切而熟悉的笑容，却定格于某个瞬间，在那之后，再没有任何关于他的消息。

纵然后世的读者或者于相关书籍中抽丝剥茧，寻觅主角的一点踪迹音信，或者拿起笔来，以想象和借鉴赋予故事不一样的结局，但是，沈复四十五岁以后的人生，前往京师之后的日子，我们确实一无所知。

但是我们仍然应该觉得庆幸，幸而这个故事的大部分仍然完好地保留了下来。从某种意义上来说，它简直就是一个小小的奇迹。

如沈复一般的人生，原本是没有可能在历史上留下痕迹的。以"历史"的眼光来看，这样的人生太微末，太平凡，太琐碎。在历史的浩瀚卷帙中，它就像是一片转瞬飘落的花瓣，一点朝生暮死的萤火，显得那么微不足道。

但"历史"也有其温柔的一面，为我们留下了这残缺的一本小书，记载着一个小人物半生的悲欢离合、爱恨嗔痴，成长与痛苦，失去与超脱，那些属于生命与灵魂的闪亮的时刻，以及其中微小却坚韧而持久的力量。

　　千百年间,人同此心,心同此理,从那些曾真诚而踏实地活过、爱过、痛苦过、追寻过的生命中,留下来的点点滴滴、片刻时光,都是如此。

　　花瓣虽然转瞬就飘落,却散发着永远的芬芳;萤火虽然只微弱地闪烁了片刻,那点光芒却永远留在了后世读者的眼中。

　　感受这份美好,记住这份美好,即使我们读到的只是残缺的篇章,但也已足够,不是吗。

附录（前四卷）《浮生六记》原文

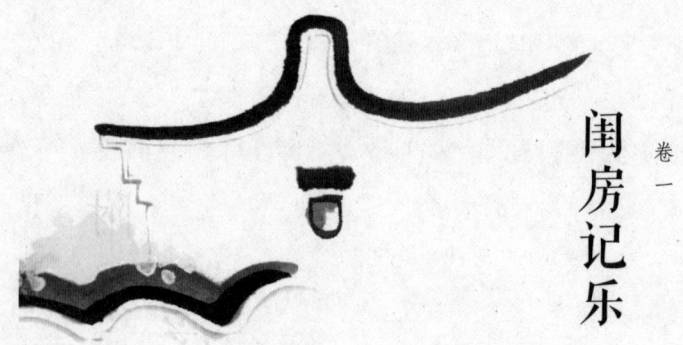

闺房记乐 卷一

余生乾隆癸未冬十一月二十有二日，正值太平盛世，且在衣冠之家，居苏州沧浪亭畔，天之厚我可谓至矣。东坡云"事如春梦了无痕"，苟不记之笔墨，未免有辜彼苍之厚。因思《关雎》冠三百篇之首，故列夫妇于首卷，余以次递及焉。所愧少年失学，稍识之无，不过记其实情实事而已，若必考订其文法，是责明于垢鉴矣。

余幼聘金沙于氏，八龄而夭。娶陈氏。陈名芸，字淑珍，舅氏心余先生女也，生而颖慧，学语时，口授《琵琶行》，即能成诵。四龄失怙，母金氏，弟克昌，家徒壁立。芸既长，娴女红，三口仰其十指供给，克昌从师，脩脯无缺。一日，于书簏中得

《琵琶行》,挨字而认,始识字。刺绣之暇,渐通吟咏,有"秋侵人影瘦,霜染菊花肥"之句。余年十三,随母归宁,两小无嫌,得见所作,虽叹其才思隽秀,窃恐其福泽不深,然心注不能释,告母曰:"若为儿择妇,非淑姊不娶。"母亦爱其柔和,即脱金约指缔姻焉。此乾隆乙未七月十六日也。

是年冬,值其堂姊出阁,余又随母往。芸与余同齿而长余十月,自幼姊弟相呼,故仍呼之曰淑姊。时但见满室鲜衣,芸独通体素淡,仅新其鞋而已。见其绣制精巧,询为己作,始知其慧心不仅在笔墨也。其形削肩长项,瘦不露骨,眉弯目秀,顾盼神飞,唯两齿微露,似非佳相。一种缠绵之态,令人之意也消。索观诗稿,有仅一联,或三四句,多未成篇者,询其故,笑曰:"无师之

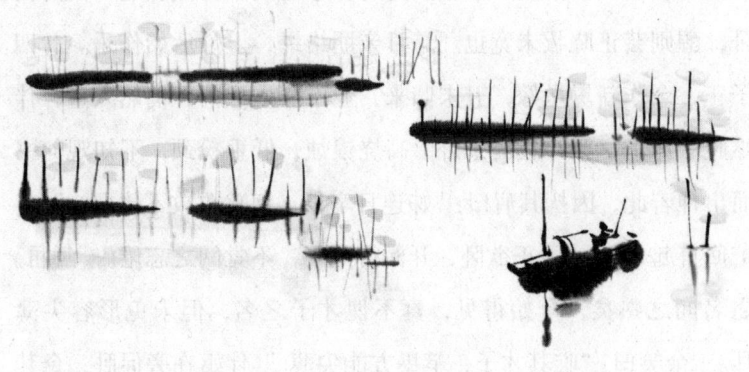

作,愿得知己堪师者敲成之耳。"余戏题其签曰"锦囊佳句"。不知夭寿之机此已伏矣。是夜送亲城外,返已漏三下,腹饥索饵,婢妪以枣脯进,余嫌其甜。芸暗牵余袖,随至其室,见藏有暖粥并小菜焉,余欣然举箸。忽闻芸堂兄玉衡呼曰:"淑妹速来!"芸急闭门曰:"已疲乏,将卧矣。"玉衡挤身而入,见余将吃粥,乃笑睨芸曰:"顷我索粥,汝曰'尽矣',乃藏此专待汝婿耶?"芸大窘避去,上下哗笑之。余亦负气,挈老仆先归。自吃粥被嘲,再往,芸即避匿,余知其恐贻人笑也。

至乾隆庚子正月廿二日花烛之夕,见瘦怯身材依然如昔,头巾既揭,相视嫣然。合卺后,并肩夜膳,余暗于案下握其腕,暖尖滑腻,胸中不觉怦怦作跳。让之食,适逢斋期,已数年矣。暗计吃斋之初,正余出痘之期,因笑调曰:"今我光鲜无恙,姊可从此开戒否?"芸笑之以目,点之以首。

廿四日为余姊于归,廿三国忌不能作乐,故廿二之夜即为余姊款嫁。芸出堂陪宴,余在洞房与伴娘对酌,拇战辄北,大醉而卧,醒则芸正晓妆未竟也。是日亲朋络绎,上灯后始作乐。廿四子正,余作新舅送嫁,丑末归来,业已灯残人静,悄然入室,伴妪盹于床下,芸卸妆尚未卧,高烧银烛,低垂粉颈,不知观何书而出神若此,因抚其肩曰:"姊连日辛苦,何犹孜孜不倦耶?"芸忙回首起立曰:"顷正欲卧,开橱得此书,不觉阅之忘倦。《西厢》之名闻之熟矣,今始得见,真不愧才子之名,但未免形容尖薄耳。"余笑曰:"唯其才子,笔墨方能尖薄。"伴妪在旁促卧,令其闭门先去。遂与比肩调笑，恍同密友重逢。戏探其怀，亦怦怦作跳，因俯其耳曰："姊何心春乃尔耶？"芸回眸微笑。便觉一缕情丝摇人魂魄，拥之入帐，不知东方之既白。

芸作新妇，初甚缄默，终日无怒容，与之言，微笑而已。事上以敬，处下以和，井井然未尝稍失。每见朝暾上窗，即披衣急起，如有人呼促者然。余笑曰："今非吃粥比矣，何尚畏人嘲耶？"芸曰："曩之藏粥待君，传为话柄，今非畏嘲，恐堂上道新娘懒惰耳。"余虽恋其卧而德其正，因亦随之早起。自此耳鬓相磨，亲同形影，爱恋之情有不可以言语形容者。

而欢娱易过，转瞬弥月。时吾父稼夫公在会稽幕府，专役相迓，受业于武林赵省斋先生门下。先生循循善诱，余今日之尚能握管，先生力也。归来完姻时，原订随侍到馆。闻信之余，心甚怅然，恐芸之对人堕泪。而芸反强颜劝勉，代整行装，是晚但觉神色稍异而已。临行，向余小语曰："无人调护，自去经心！"及登舟解缆，正当桃李争妍之候，而余则恍同林鸟失群，天地异色。

到馆后，吾父即渡江东去。居三月，如十年之隔。芸虽时有书来，必两问一答，中多勉励词，余皆浮套语，心殊怏怏。每当风生竹院，月上蕉窗，对景怀人，梦魂颠倒。先生知其情，即致书吾父，出十题而遣余暂归。喜同戍人得赦，登舟后，反觉一刻如年。及抵家，吾母处问安毕，入房，芸起相迎，握手未通片语，而两人魂魄恍恍然化烟成雾，觉耳中惺然一响，不知更有此身矣。

时当六月，内室炎蒸，幸居沧浪亭爱莲居西间壁，板桥内一轩临流，名曰"我取"，取"清斯濯缨，浊斯濯足"意也。檐前老树一株，浓阴覆窗，人面俱绿。隔岸游人往来不绝。此吾父稼夫公垂帘宴客处也。禀命吾母，携芸消夏于此。因暑罢绣，终日伴余课书论古、品月评花而已。芸不善饮，强之可三杯，教以射覆为令。自以为人间之乐，无过于此矣。

一日，芸问曰："各种古文，宗何为是？"余曰："《国策》《南华》取其灵快，匡衡、刘向取其雅健，史迁、班固取其博大，昌黎取其浑，柳州取其峭，庐陵取其宕，三苏取其辩，他若贾、董策对，庾、徐骈体，陆贽奏议，取资者不能尽举，在人之慧心领会耳。"芸曰："古文全在识高气雄，女子学之恐难入彀，唯诗之一道，妾稍有领会耳。"余曰："唐以诗取士，而诗之宗匠必推李、杜，卿爱宗何人？"芸发议曰："杜诗锤炼精纯，李诗潇洒落拓。与其学杜之森严，不如学李之活泼。"余曰："工部为诗家之大成，学者多宗之，卿独取李，何也？"芸曰："格律谨严，词旨老当，诚杜所独擅。但李诗宛如姑射仙子，有一种落花流水之趣，令人可爱。非杜亚于李，不过妾之私心宗杜心浅，爱李心深。"余笑曰："初不料陈淑珍乃李青莲知己。"芸笑曰："妾尚有启蒙师白乐天先生，时感于怀，未尝稍释。"余曰："何谓也？"芸曰："彼非作《琵琶行》者耶？"余笑曰："异哉！李太白是知己，白乐天是启蒙师，余适字三白，为卿婿，卿与'白'字何其有缘耶？"芸笑曰："白字有缘，将来恐白字连篇耳（吴音呼别字为白字）。"相与大笑。余曰："卿既知诗，亦当知赋之弃取。"芸曰："《楚辞》为赋之祖，妾学浅费解。就汉、晋人中调高语炼，似觉相如为最。"余戏曰："当日文君之从长卿，或不在琴而在此乎？"复相与大笑而罢。

余性爽直，落拓不羁；芸若腐儒，迂拘多礼。偶为披衣整袖，必连声道"得罪"；或递巾授扇，必起身来接。余始厌之，曰："卿欲以礼缚我耶？语曰'礼多必诈'。"芸两颊发赤，曰："恭而有礼，何反言诈？"余曰："恭敬在心，不在虚文。"芸曰："至亲莫如父母，可内敬在心而外肆狂放耶？"余曰："前言戏之耳。"芸曰："世间反目多由戏起，后勿冤妾，令人郁死！"余乃挽之入怀，抚慰之，始解颜为笑。自此"岂敢""得罪"竟成语助词矣。鸿案相庄廿有三年，年愈久而情愈密。家庭之内，或暗室相逢，窄途邂逅，必握手问曰："何处去？"私心忒忒，如恐旁人见之者。实则同行并坐，初犹避人，久则不以为意。芸或与人坐谈，见余至，必起立偏挪其身，余就而并焉。彼此皆不觉其所以然者，始以为惭，继成不期然而然。独怪老年夫妇相视如仇者，不知何意？或曰："非如是，焉得白头偕老哉？"斯言诚然欤？

是年七夕，芸设香烛瓜果，同拜天孙于我取轩中。余镌"愿生生世世为夫妇"图章二方，余执朱文，芸执白文，以为往来书信之用。是夜月色颇佳，俯视河中，波光如练，轻罗小扇，并坐水窗，仰见飞云过天，变态万状。芸曰："宇宙之大，同此一月，不知今日世间，亦有如我两人之情兴否？"余曰："纳凉玩月，到处有之。若品论云霞，或求之幽闺绣闼，慧心默证者固亦不少。若夫妇同观，所品论者恐不在此云霞耳。"未几，烛烬月沉，撤果归卧。

七月望,俗谓鬼节,芸备小酌,拟邀月畅饮。夜忽阴云如晦,芸愀然曰:"妾能与君白头偕老,月轮当出。"余亦索然。但见隔岸萤光,明灭万点,梳织于柳堤蓼渚间。余与芸联句以遣闷怀,而两韵之后,逾联逾纵,想入非夷,随口乱道。芸已漱涎涕泪,笑倒余怀,不能成声矣。觉其鬓边茉莉浓香扑鼻,因拍其背,以他词解之曰:"想古人以茉莉形色如珠,故供助妆压鬓,不知此花必沾油头粉面之气,其香更可爱,所供佛手当退三舍矣。"芸乃止笑曰:"佛手乃香中君子,只在有意无意间;茉莉是香中小人,故须借人之势,其香也如胁肩谄笑。"余曰:"卿何远君子而近小人?"芸曰:"我笑君子爱小人耳。"正话间,漏已三滴,渐见风扫云开,一轮涌出,乃大喜,倚窗对酌。酒未三杯,忽闻桥下哄然一声,如有人堕。就窗细瞩,波明如镜,不见一物,惟闻河滩有只鸭急奔声。余知沧浪亭畔素有溺鬼,恐芸胆怯,未敢即言,芸曰:"噫!此声也,胡为乎来哉?"不禁毛骨皆栗。急闭窗,携酒归房。一灯如豆,罗帐低垂,弓影杯蛇,惊神未定。剔灯入帐,芸已寒热大作。余亦继之,困顿两旬。真所谓乐极灾生,亦是白头不终之兆。

中秋日，余病初愈。以芸半年新妇，未尝一至间壁之沧浪亭，先令老仆约守者勿放闲人，于将晚时，偕芸及余幼妹，一妪一婢扶焉，老仆前导，过石桥，进门折东，曲径而入。叠石成山，林木葱翠，亭在土山之巅。循级至亭心，周望极目可数里，炊烟四起，晚霞灿然。隔岸名"近山林"，为大宪行台宴集之地，时正谊书院犹未启也。携一毯设亭中，席地环坐，守者烹茶以进。少焉，一轮明月已上林梢，渐觉风生袖底，月到波心，俗虑尘怀，爽然顿释。芸曰："今日之游乐矣！若驾一叶扁舟，往来亭下，不更快哉！"时已上灯，忆及七月十五夜之惊，相扶下亭而归。吴俗，妇女是晚不拘大家小户皆出，结队而游，名曰"走月亮"。沧浪亭幽雅清旷，反无一人至者。

吾父稼夫公喜认义子，以故余异姓弟兄有二十六人。吾母亦有义女九人，九人中王二姑、俞六姑与芸最和好。王痴憨善饮，俞豪爽善谈。每集，必逐余居外，而得三女同榻，此俞六姑一人计也。余笑曰："俟妹于归后，我当邀妹丈来，一住必十日。"俞曰："我亦来此，与嫂同榻，不大妙耶？"芸与王微笑而已。

时为吾弟启堂娶妇，迁居饮马桥之米仓巷，屋虽宏畅，非复沧浪亭之幽雅矣。吾母诞辰演剧，芸初以为奇观。吾父素无忌讳，点演《惨别》等剧，老伶刻画，见者情动，余窥帘见芸忽起去，良久不出，入内探之，俞与王亦继至。见芸一人支颐独坐镜窗之侧，余曰："何不快乃尔？"芸曰："观剧原以陶情，今日之戏徒令人断肠耳。"俞与王皆笑之。余曰："此深于情者也。"俞曰："嫂将竟日独坐于此耶?"芸曰:"俟有可观者再往耳。"王闻言先出,请吾母点《刺梁》《后索》等剧,劝芸出观,始称快。

余堂伯父素存公早亡,无后,吾父以余嗣焉。墓在西跨塘福寿山祖茔之侧,每年春日,必挈芸拜扫。王二姑闻其地有戈园之胜,请同往。芸见地下小乱石有苔纹,斑驳可观,指示余曰:"以此叠盆山,较宣州白石为古致。"余曰:"若此者恐难多得。"王曰:"嫂果爱此,我为拾之。"即向守坟者借麻袋一,鹤步而拾之。每得一块,余曰"善",即收之;余曰"否",即去之。未几,粉汗盈盈,拽袋返曰:"再拾则力不胜矣。"芸且拣且言曰:"我闻山果收获,必借猴力,果然。"王愤撮十指作哈痒状,余横阻之,责芸曰:"人劳汝逸,犹作此语,无怪妹之动愤也。"归途游戈园,稚绿娇红,争妍竞媚。王素憨,逢花必折,芸叱曰:"既无瓶养,又不簪戴,多折何为?"王曰:"不知痛痒者,何害?"余笑曰:"将来罚嫁麻面多须郎,为花泄忿。"王怒余以目,掷花于地,以莲钩拨入池中,曰:"何欺侮我之甚也!"芸笑解之而罢。

芸初缄默,喜听余议论。余调其言,如蟋蟀之用纤草,渐能发议。其每日饭必用茶泡,喜食芥卤乳腐,吴俗呼为臭乳腐,又喜食虾卤瓜。此二物余生平所最恶者,因戏之曰:"狗无胃而食粪,以其不知臭秽;蜣螂团粪而化蝉,以其欲修高举也。卿其狗耶?蝉耶?"芸曰:"腐取其价廉而可粥可饭,幼时食惯,今至君家已如蜣螂化蝉,犹喜食之者,不忘本出;至卤瓜之味,到此初尝耳。"余曰:"然则我家系狗窦耶?"芸窘而强解曰:"夫粪,人家皆有之，要在食与不食之别耳。然君喜食蒜，妾亦强啖之。腐不敢强，瓜可扼鼻略尝，入咽当知其美，此犹无盐貌丑而德美也。"余笑曰："卿陷我作狗耶？"芸曰："妾作狗久矣，屈君试尝之。"以箸强塞余口。余掩鼻咀嚼之，似觉脆美，开鼻再嚼，竟成异味，从此亦喜食。芸以麻油加白糖少许拌卤腐，亦鲜美；以卤瓜捣烂拌卤腐，名之曰双鲜酱，有异味。余曰："始恶而终好之，理之不可解也。"芸曰："情之所钟，虽丑不嫌。"

余启堂弟妇，王虚舟先生孙女也，催妆时偶缺珠花，芸出其纳采所受者呈吾母，婢妪旁惜之，芸曰："凡为妇人，已属纯阴，珠乃纯阴之精，用为首饰，阳气全克矣，何贵焉？"而于破书残画反极珍惜：书之残缺不全者，必搜集分门，汇订成帙，统名之曰"继简残编"；字画之破损者，必觅故纸粘补成幅，有破缺处，倩予全好而卷之，名曰"弃余集赏"。于女红、中馈之暇，终日琐琐，不惮烦倦。芸于破笥烂卷中，偶获片纸可观者，如得异宝。旧邻冯妪每收乱卷卖之。

其癖好与余同，且能察眼意、懂眉语，一举一动，示之以色，无不头头是道。余尝曰："惜卿雌而伏，苟能化女为男，相与访名山，搜胜迹，遨游天下，不亦快哉！"芸曰："此何难，俟妾鬓斑之后，虽不能远游五岳，而近地之虎阜、灵岩，南至西湖，北至平山，尽可偕游。"余曰："恐卿鬓斑之日，步履已艰。"芸曰："今世不能，期以来世。"余曰："来世卿当作男，我为女子相从。"芸曰："必得不昧今生，方觉有情趣。"余笑曰："幼时一粥犹谈不了，若来世不昧今生，合卺之夕，细谈隔世，更无合眼时矣。"芸曰："世传月下老人专司人间婚姻事，今生夫妇已承牵合，来世姻缘亦须仰借神力，盍绘一像祀之？"时有苕溪戚柳堤，名遵，善写人物。倩绘一像：一手挽红丝，一手携杖悬姻缘簿，童颜鹤发，奔驰于非烟非雾中。此戚君得意笔也。友人石琢堂为题赞语于首，悬之内室，每逢朔望，余夫妇必焚香拜祷。后因家庭多故，此画竟失所在，不知落在谁家矣。"他生未卜此生休"，两人痴情，果邀神鉴耶？

迁仓米巷，余颜其卧楼曰"宾香阁"，盖以芸名而取如宾意也。院窄墙高，一无可取。后有厢楼，通藏书处，开窗对陆氏废园，但有荒凉之象。沧浪风景，时切芸怀。有老妪居金母桥之东、埂巷之北，绕屋皆菜圃，编篱为门，门外有池约亩许，花光树影，错杂篱边，其地即元末张士诚王府废基也。屋西数武，瓦砾堆成土山，登其巅可远眺，地旷人稀，颇饶野趣。妪偶言及，芸神往不置，谓余曰："自别沧浪，梦魂常绕，每不得已而思其次，其老妪之居乎？"余曰："连朝秋暑灼人，正思得一清凉地以消长昼，卿若愿往，我先观其家，可居，即襆被而往，作一月盘桓何如？"芸曰："恐堂上不许。"余曰："我自请之。"越日至其地，屋仅二间，前后隔而为四，纸窗竹榻，颇有幽趣。老妪知余意，欣然出其卧室为赁，四壁糊以白纸，顿觉改观。于是禀知吾母，挈芸居焉。邻仅老夫妇二人，灌园为业，知余夫妇避暑于此，先来通殷勤，并钓池鱼、摘园蔬为馈。偿其价，不受，芸作鞋报之，始谢而受。时方七月，绿树阴浓，水面风来，蝉鸣聒耳。邻老又为制鱼竿，与芸垂钓于柳阴深处。日落时登土山观晚霞夕照，随意联吟，有"兽云吞落日，弓月弹流星"之句。少焉月印池中，虫声四起，设竹榻于篱下，老妪报酒温饭熟，遂就月光对酌，微醺而饭。浴罢则凉鞋蕉扇，或坐或卧，听邻老谈因果报应事。三鼓归卧，周体清凉，几不知身居城市矣。篱边倩邻老购菊，遍植之。九月花开，又与芸居十日。吾母亦欣然来观，持螯对菊，赏玩竟日。芸喜曰："他年当与君卜筑于此，买绕屋菜园十亩，课仆妪，植瓜蔬，以供薪水。君画我绣，以为持酒之需。布衣菜饭，可乐终身，不必作远游计也。"余深然之。今即得有境地，而知己沦亡，可胜浩叹！

离余家半里许，醋库巷有洞庭君祠，俗呼水仙庙。回廊曲折，小有园亭。每逢神诞，众姓各认一落，密悬一式之玻璃灯，中设宝座，旁列瓶几，插花陈设，以较胜负。日惟演戏，夜则参差高下，插烛于瓶花间，名曰"花照"。花光灯影，宝鼎香浮，若龙宫夜宴。司事者或笙箫歌唱，或煮茗清谈，观者如蚁集，檐下皆设栏为限。余为众友邀去插花布置，因得躬逢其盛。归家向芸艳称之，芸曰："惜妾非男子，不能往。"余曰："冠我冠，衣我衣，亦化女为男之法也。"于是易髻为辫，添扫蛾眉；加余冠，微露两鬓，尚可掩饰；服余衣，长一寸又半，于腰间折而缝之，外加马褂。芸曰："脚下将奈何？"余曰："坊间有蝴蝶履，大小由之，购亦极易，且早晚可代撤鞋之用，不亦善乎？"芸欣然。及晚餐后，装束既毕，效男子拱手阔步者良久，忽变卦曰："妾不去矣，为人识出既不便，堂上闻之又不可。"余怂恿曰："庙中司事者谁不知我，

即识出亦不过付之一笑耳。吾母现在九妹丈家,密去密来,焉得知之。"芸揽镜自照,狂笑不已。余强挽之,悄然径去。遍游庙中,无识出为女子者。或问何人,以表弟对,拱手而已。最后至一处,有少妇幼女坐于所设宝座后,乃杨姓司事者之眷属也。芸忽趋彼通款曲,身一侧,而不觉一按少妇之肩,旁有婢媪怒而起曰:"何物狂生,不法乃尔!"余试为措词掩饰,芸见势恶,即脱帽翘足示之曰:"我亦女子耳。"相与愕然,转怒为欢,留茶点,唤肩舆送归。

　　吴江钱师竹病殁,吾父信归,命余往吊。芸私谓余曰:"吴江必经太湖,妾欲偕往,一宽眼界。"余曰:"正虑独行踽踽,得卿同行,固妙,但无可托词耳。"芸曰:"托言归宁。君先登舟,妾当继至。"余曰:"若然,归途当泊舟万年桥下,与卿待月乘凉,以续沧浪韵事。"时六月十八日也。是日早凉,携一仆先至胥江渡口,登舟而待,芸果肩舆至。解维出虎啸桥,渐见风帆沙鸟,水天一色。芸曰:"此即所谓太湖耶?今得见天地之宽,不虚此生矣!想闺中人有终身不能见此者!"闲话未几,风摇岸柳,已抵江城。

　　余登岸拜奠毕,归视舟中洞然,急询舟子。舟子指曰:"不见长桥柳阴下,观鱼鹰捕鱼者乎?"盖芸已与船家女登岸矣。余至其后,芸犹粉汗盈盈,倚女而出神焉。余拍其肩曰:"罗衫汗透矣！"芸回首曰："恐钱家有人到舟，故暂避之。君何回来之速也？"余笑曰："欲捕逃耳。"于是相挽登舟，返棹至万年桥下，阳乌犹未落也。舟窗尽落，清风徐来，绒扇罗衫，剖瓜解暑。少焉，霞映桥红，烟笼柳暗，银蟾欲上，渔火满江矣。命仆至船梢与舟子同饮。船家女名素云，与余有杯酒交，人颇不俗，招之与芸同坐。船头不张灯火，待月快酌，射覆为令。素云双目闪闪，听良久，曰："觞政侬颇娴习，从未闻有斯令，愿受教。"芸即譬其言而开导之，终茫然。余笑曰："女先生且罢论，我有一言作譬，即了然矣。"芸曰："君若何譬之？"余曰："鹤善舞而不能耕，牛善耕而不能舞，物性然也，先生欲反而教之，无乃劳乎？"素云笑捶余肩曰："汝骂我耶！"芸出令曰："只许动口，不许动手。违者罚大觥。"素云量豪，满斟一觥，一吸而尽。余曰："动手但准摸索，不准捶人。"芸笑挽素云置余怀，曰："请君摸索畅怀。"余笑曰："卿非解人，摸索在有意无意间耳，拥而狂探，田舍郎之所为也。"时四鬓所簪茉莉，为酒气所蒸，杂以粉汗油香，芳馨透鼻，余戏曰："小人臭味充满船头，令人作恶。"素云不禁握拳连捶曰："谁教汝狂嗅耶？"芸呼曰："违令，罚两大觥！"素云曰："彼又以小人骂我，不应捶耶？"芸曰："彼之所谓小人，盖有故也。请干此，当告汝。"素云乃连尽两觥，芸乃告以沧浪旧居乘凉事。素云曰：

"若然，真错怪矣，当再罚。"又干一觥。芸曰："久闻素娘善歌，可一聆妙音否？"素即以象箸击小碟而歌。芸欣然畅饮，不觉酩酊，乃乘舆先归。余又与素云茶话片刻，步月而回。时余寄居友人鲁半舫家萧爽楼中，越数日，鲁夫人误有所闻，私告芸曰："前日闻若婿挟两妓饮于万年桥舟中，子知之否？"芸曰："有之，其一即我也。"因以偕游始末详告之，鲁大笑，释然而去。

乾隆甲寅七月，亲自粤东归。有同伴携妾回者，曰徐秀峰，余之表妹婿也。艳称新人之美，邀芸往观。芸他日谓秀峰曰："美则美矣，韵犹未也。"秀峰曰："然则若郎纳妾，必美而韵者？"芸曰："然。"从此痴心物色，而短于资。

时有浙妓温冷香者，寓于吴，有咏柳絮四律，沸传吴下，好事者多和之。余友吴江张闲憨素赏冷香，携柳絮诗索和。芸微其人而置之，余技痒而和其韵，中有"触我春愁偏婉转，撩他离绪更缠绵"之句，芸甚击节。

明年乙卯秋八月五日，吾母将挈芸游虎丘，闲憨忽至曰："余亦有虎丘之游，今日特邀君作探花使者。"因请吾母先行，期于虎丘半塘相晤，拉余至冷香寓。见冷香已半老，有女名憨园，瓜期未破，亭亭玉立，真"一泓秋水照人寒"者也，款接间，颇知文墨。有妹文园，尚雏。余此时初无痴想，且念一杯之叙，非寒士所能酬，而既入个中，私心忐忑，强为酬答。因私谓闲憨曰："余贫士也，子以尤物玩我乎？"闲憨笑曰："非也，今日有友人邀憨园答我，席主为尊客拉去，我代客转邀客，毋烦倾他虑也。"余始释然。

至半塘，两舟相遇，令憨园过舟叩见吾母。芸、憨相见，欢同旧识，携手登山，备览名胜。菩独爱千顷云高旷，坐赏良久。返至野芳滨，畅饮甚欢，并舟而泊。及解维，芸谓余曰："子陪张君，留憨陪妾可乎？"余诺之。返棹至都中桥，始过船分袂。归家已三鼓，芸曰："今日得见美而韵者矣，顷已约憨园，明日过我，当为子图之。"余骇曰："此非金屋不能贮，穷措大岂敢生此妄想哉？况我两人伉俪正笃，何必外求？"芸笑曰："我自爱之，子姑待之。"

　　明午，憨果至。芸殷勤款接，筵中以猜枚（赢吟输饮）为令，终席无一罗致语。及憨园归，芸曰："顷又与密约，十八日来此结为姊妹，子宜备牲牢以待。"笑指臂上翡翠钏曰："若见此钏属于憨，事必谐矣，顷已吐意，未深结其心也。"余姑听之。十八日大雨，憨竟冒雨至。入室良久，始挽手出，见余有羞色，盖翡翠钏已在憨臂矣。焚香结盟后，拟再续前饮，适憨有石湖之游，即别去。芸欣然告余曰："丽人已得，君何以谢媒耶？"余询其详，芸曰："向之秘言，恐憨意另有所属也，顷探之无他，语之曰：'妹知今日之意否？'憨曰：'蒙夫人抬举，真蓬蒿倚玉树也，但吾母望我奢，恐难自主耳，愿彼此缓图之。'脱钏上臂时，又语之曰：'玉取其坚，且有团圞不断之意，妹试笼之以为先兆。'憨曰：'聚合之权总在夫人也。'即此观之，憨心已得，所难必者冷香耳，当再图之。"余笑曰："卿将效笠翁之《怜香伴》耶？"芸曰："然。"自此无日不谈憨园矣。

　　后憨为有力者夺去，不果。芸竟以之死。

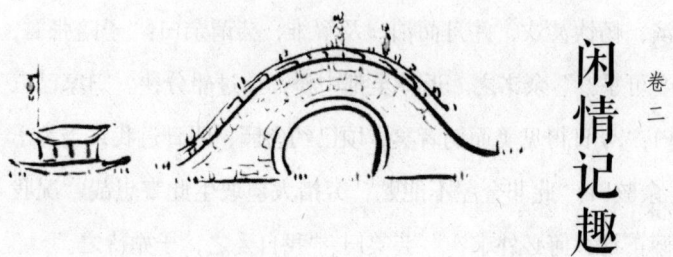

闲情记趣

卷二

余忆童稚时,能张目对日,明察秋毫。见藐小微物,必细察其纹理,故时有物外之趣。夏蚊成雷,私拟作群鹤舞空,心之所向,则或千或百,果然鹤也。昂首观之,项为之强。又留蚊于素帐中,徐喷以烟,使其冲烟飞鸣,作青云白鹤观,果如鹤唳云端,怡然称快。于土墙凹凸处、花台小草丛杂处,常蹲其身,使与台齐,定神细视,以丛草为林,以虫蚁为兽,以土砾凸者为丘,凹者为壑,神游其中,怡然自得。一日,见二虫斗草间,观之正浓,忽有庞然大物拔山倒树而来,盖一癞蛤蟆也,舌一吐而二虫尽为所吞。余年幼方出神,不觉呀然惊恐。神定,捉蛤蟆,鞭数十,驱之别院。年长思之,二虫之斗,盖图奸不从也,古语云"奸近杀"，虫亦然耶？贪此生涯，卵为蚯蚓所哈（吴俗称阳曰卵），肿不能便，捉鸭开口哈之，婢妪偶释手，鸭颠其颈作吞噬状，惊而大哭，传为语柄。此皆幼时闲情也。

及长，爱花成癖，喜剪盆树。识张兰坡，始精剪枝养节之法，继悟接花叠石之法。花以兰为最，取其幽香韵致也，而瓣品之稍堪入谱者不可多得。兰坡临终时，赠余荷瓣素心春兰一盆，皆肩平心阔，茎细瓣净，可以入谱者，余珍如拱璧。值余幕游于外，芸能亲为灌溉，花叶颇茂。不二年，一旦忽萎死，起根视之，皆白如玉，且兰芽勃然。初不可解，以为无福消受，浩叹而已。事后始悉有人欲分不允，故用滚汤灌杀也。从此誓不植兰。

次取杜鹃，虽无香而色可久玩，且易剪裁。以芸惜枝怜叶，不忍畅剪，故难成树。其他盆玩皆然。

惟每年篱东菊绽，积兴成癖。喜摘插瓶，不爱盆玩。非盆玩不足观，以家无园圃，不能自植，货于市者，俱丛杂无致，故不取耳。其插花朵，数宜单，不宜双，每瓶取一种，不取二色，瓶口取阔大不取窄小，阔大者舒展不拘。自五、七花至三、四十花，必于瓶口中一丛怒起，以不散漫、不挤轧、不靠瓶口为妙，所谓"起把宜紧"也。或亭亭玉立，或飞舞横斜。花取参差，间以花蕊，以免飞钹耍盘之病；叶取不乱，梗取不强，用针宜藏，针长宁断之，毋令针针露梗，所谓"瓶口宜清"也。视桌之大小，一桌三瓶至七瓶而止，多则眉目不分，即同市井之菊屏矣。几之高低，自三四寸至二尺五六寸而止，必须参差高下互相照应，以气势联络为上，若中高两低，后高前低，成排对列，又犯俗所谓"锦灰堆"矣。或密或疏，或进或出，全在会心者得画意乃可。

若盆碗盘洗，用漂青、松香、榆皮、面和油，先熬以稻灰，收成胶，以铜片按钉向上，将膏火化，粘铜片于盆碗盘洗中。俟冷，将花用铁丝扎把，插于钉上，宜偏斜取势不可居中，更宜枝疏叶清，不可拥挤。然后加水，用碗沙少许掩铜片，使观者疑丛花生于碗底方妙。

若以木本花果插瓶，剪裁之法（不能色色自觅，倩人攀折者每不合意），必先执在手中，横斜以观其势，反侧以取其态；相定之后，剪去杂技，以疏瘦古怪为佳；再思其梗如何入瓶，或折或曲，插入瓶口，方免背叶侧花之患。若一枝到手，先拘定其梗之直者插瓶中，势必枝乱梗强，花侧叶背，既难取态，更无韵致矣。折梗打曲之法，锯其梗之半而嵌以砖石。则直者曲矣，如患梗倒，敲一二钉以管之。即枫叶竹枝，乱草荆棘，均堪入选。或绿竹一竿配以枸杞数粒，几茎细草伴以荆棘两枝，苟位置得宜，另有世外之趣。若新栽花木，不妨歪斜取势，听其叶侧，一年后枝叶自能向上，如树树直栽，即难取势矣。

至剪裁盆树，先取根露鸡爪者，左右剪成三节，然后起枝。一枝一节，七枝到顶，或九枝到顶。枝忌对节如肩臂，节忌臃肿如鹤膝；须盘旋出枝，不可光留左右，以避赤胸露背之病；又不可前后直出。有名双起三起者，一根而起两三树也。如根无爪形，便成插树，故不取。然一树剪成，至少得三四十年。余生平仅见吾乡万翁名彩章者，一生剪成数树。又在扬州商家见有虞山游客携送黄杨、翠柏各一盆，惜乎明珠暗投，余未见其可也。若留枝盘如宝塔，扎枝曲如蚯蚓者，便成匠气矣。

　　点缀盆中花石，小景可以入画，大景可以入神。一瓯清茗，神能趋入其中，方可供幽斋之玩。种水仙无灵璧石，余尝以炭之有石意者代之。黄芽菜心其白如玉，取大小五七枝，用沙土植长方盘内，以炭代石，黑白分明，颇有意思。以此类推，幽趣无穷，难以枚举。如石菖蒲结子，用冷米汤同嚼喷炭上，置阴湿地，能长细菖蒲，随意移养盆碗中，茸茸可爱。以老莲子磨薄两头，入蛋壳使鸡翼之，俟雏成取出，用久年燕巢泥加天门冬十分之二，捣烂拌匀，植于小器中，灌以河水，晒以朝阳，花发大如酒杯，叶缩如碗口，亭亭可爱。

　　若夫园亭楼阁，套室回廊，叠石成山，栽花取势，又在大中

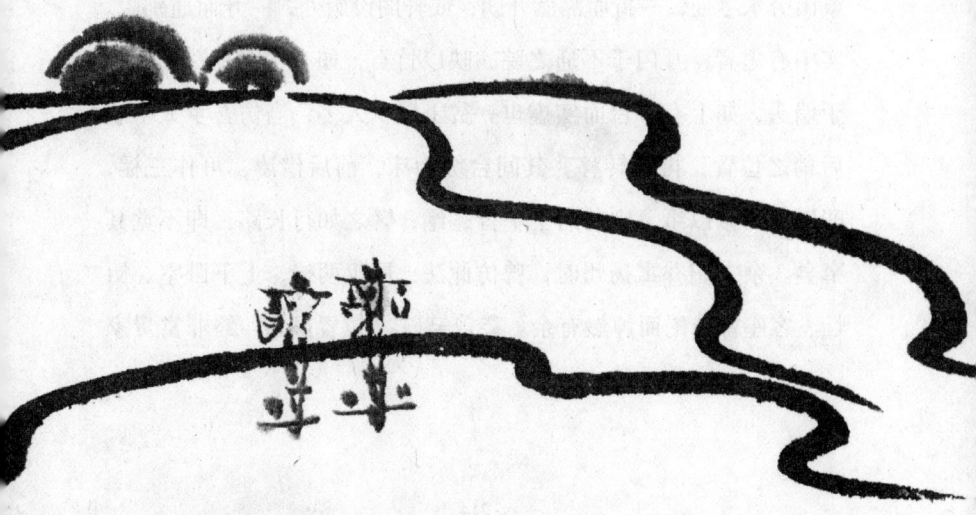

见小,小中见大,虚中有实,实中有虚,或藏或露,或浅或深。不仅在"周回曲折"四字,又不在地广石多徒烦工费。或掘地堆土成山,间以块石,杂以花草,篱用梅编,墙以藤引,则无山而成山矣。大中见小者,散漫处植易长之竹,编易茂之梅以屏之。小中见大者,窄院之墙宜凹凸其形,饰以绿色,引以藤蔓;嵌大石,凿字作碑记形,推窗如临石壁,便觉峻峭无穷。虚中有实者,或山穷水尽处,一折而豁然开朗;或轩阁设厨处,一开而通别院。实中有虚者,开门于不通之院,映以竹石,如有实无也;设矮栏于墙头,如上有月台而实虚也。贫士屋少人多,当仿吾乡太平船后梢之位置,再加转移。其间台级为床,前后借凑,可作三榻,间以板而裱以纸,则前后上下皆越绝,譬之如行长路,即不觉其窄矣。余夫妇乔寓扬州时,曾仿此法,屋仅两椽,上下卧室、厨灶、客座皆越绝而绰然有余。芸曾笑曰:"位置虽精,终非富贵家气象也。"是诚然欤？

　　余扫墓山中，捡有峦纹可观之石，归与芸商曰："用油灰叠宣州石于白石盆，取色匀也。本山黄石虽古朴，亦用油灰，则黄白相间，凿痕毕露，将奈何？"芸曰："择石之顽劣者，捣末于灰痕处，乘湿掺之，干或色同也。"乃如其言，用宜兴窑长方盆叠起一峰：偏于左而凸于右，背作横方纹，如云林石法，巉岩凹凸，若临江石矶状；虚一角，用河泥种千瓣白萍；石上植茑萝，俗呼云松。经营数日乃成。至深秋，茑萝蔓延满山，如藤萝之悬石壁，花开正红色，白萍亦透水大放，红白相间，神游其中，如登蓬岛。置之檐下与芸品题：此处宜设水阁，此处宜立茅亭，此处宜凿六字曰"落花流水之间"，此可以居，此可以钓，此可以眺。胸中丘壑，若将移居者然。一夕，猫奴争食，自檐而堕，连盆与架顷刻碎之。余叹曰："即此小经营，尚干造物忌耶！"两人不禁泪落。

　　静室焚香，闲中雅趣。芸尝以沉速等香，于饭镬蒸透，在炉上设一铜丝架，离火中寸许，徐徐烘之，其香幽韵而无烟。佛手忌醉鼻嗅，嗅则易烂；木瓜忌出汗，汗出，用水洗之；惟香圆无忌。佛手、木瓜亦有供法，不能笔宣。每有人将供妥者随手取嗅，随手置之，即不知供法者也。

　　余闲居，案头瓶花不绝。芸曰："子之插花能备风晴雨露，可谓精妙入神。而画中有草虫一法，盍仿而效之？"余曰："虫踯躅不受制，焉能仿效？"芸曰："有一法，恐作俑罪过耳。"余曰："试言之。"曰："虫死色不变，觅螳螂蝉蝶之属，以针刺死，用细丝扣虫项系花草间,整其足,或抱梗,或踏叶,宛然如生,不亦善乎?"余喜,如其法行之,见者无不称绝。求之闺中,今恐未必有此会心者矣。

余与芸寄居锡山华氏,时华夫人以两女从芸识字。乡居院旷,夏日逼人,芸教其家作活花屏法,甚妙。每屏一扇,用木梢二枝,约长四五寸作矮条凳式,虚其中,横四挡,宽一尺许,四角凿圆眼,插竹编方眼,屏约高六七尺,用砂盆种扁豆置屏中,盘延屏上,两人可移动。多编数屏,随意遮拦,恍如绿阴满窗,透风蔽日,纡回曲折,随时可更,故曰活花屏。有此一法,即一切藤本香草随地可用。此真乡居之良法也。

友人鲁半舫名璋,字春山,善写松柏及梅菊,工隶书,兼工铁笔。余寄居其家之萧爽楼一年有半。楼共五椽,东向,余居其三,晦明风雨,可以远眺。庭中有木犀一株,清香撩人。有廊有厢,地极幽静。移居时,有一仆一妪,并挈其小女来。仆能成衣,妪能纺绩,于是芸绣、妪绩、仆则成衣,以供薪水。余素爱客,小酌必行令。芸善不费之烹庖,瓜蔬鱼虾,一经芸手,便有意外味。同人知余贫,每出杖头钱,作竟日叙。余又好洁,地无纤尘,且无拘束,不嫌放纵。时有杨补凡名昌绪,善人物写真;袁少迂名沛,工山水;王星烂名岩,工花卉翎毛,爱萧爽楼幽雅,皆携画具来。余则从之学画,写草篆,镌图章,加以润笔,交芸备茶酒供客,终日品诗论画而已。更有夏淡安、揖山两昆季,并缪山音、知白两昆季,及蒋韵香、陆橘香、周啸霞、郭小愚、华杏帆、张闲憨诸君子，如梁上之燕，自去自来。芸则拔钗沽酒，不动声色，良辰美景，不放轻过。今则天各一方，风流云散，兼之玉碎香埋，不堪回首矣！

萧爽楼有四忌：谈官宦升迁、公廨时事、八股时文、看牌掷色，有犯必罚酒五斤。有四取：慷慨豪爽、风流蕴藉、落拓不羁、澄静缄默。长夏无事，考对为会，每会八人，每人各携青蚨二百。先拈阄，得第一者为主考，关防别座，第二者为誊录，亦就座，余作举子，各于誊录处取纸一条，盖用印章。主考出五七言各一句，刻香为限，行立构思，不准交头私语，对就后投入一匣，方许就座。各人交卷毕，誊录启匣，并录一册，转呈主考，以杜徇私。十六对中取七言三联、五言三联。六联中取第一者即为后任主考，第二者为誊录，每人有两联不取者罚钱二十文，取一联者

免罚十文,过限者倍罚。一场,主考得香钱百文。一日可十场,积钱千文,酒资大畅矣。惟芸议为官卷,准坐而构思。

杨补凡为余夫妇写载花小影,神情确肖。是夜月色颇佳,兰影上粉墙,别有幽致,星烂醉后兴发曰:"补凡能为君写真,我能为花图影。"余笑曰:"花影能如人影否?"星烂取素纸铺于墙,即就兰影,用墨浓淡图之。日间取视,虽不成画,而花叶萧疏,自有月下之趣。芸甚宝之,各有题咏。

苏城有南园、北园三处,菜花黄时,苦无酒家小饮。携盒而往,对花冷饮,殊无意味。或议就近觅饮者,或议看花归饮者,终不如对花热饮为快。众议未定。芸笑曰:"明日但各出杖头钱,我自担炉火来。"众笑曰:"诺。"众去,余问曰:"卿果自往乎?"芸曰:"非也,妾见市中卖馄饨者,其担锅灶无不备,盍雇之而往?妾先烹调端整,到彼处再一下锅,茶酒两便。"余曰:"酒菜固便矣,茶乏烹具。"芸曰:"携一砂罐去,以铁叉串罐柄,去其锅,悬于行灶中,加柴火煎茶,不亦便乎?"余鼓掌称善。街头有鲍姓者,卖馄饨为业,以百钱雇其担,约以明日午后,鲍欣然允议。明日看花者至,余告以故,众咸叹服。饭后同往,并带席垫至南园,择柳阴下团坐。先烹茗,饮毕,然后暖酒烹肴。是时风和日丽,遍地黄金,青衫红袖,越阡度陌,蝶蜂乱飞,令人不饮自醉。既而酒肴俱熟,坐地大嚼,担者颇不俗,拉与同饮。游人见之莫不羡为奇想。杯盘狼藉,各已陶然,或坐或卧,或歌或啸。红日将颓,余思粥,担者即为买米煮之,果腹而归。芸曰:"今日之游乐乎？"众曰："非夫人之力不及此。"大笑而散。

　　贫士起居服食以及器皿房舍，宜省俭而雅洁，省俭之法曰"就事论事"。余爱小饮，不喜多菜。芸为置一梅花盒：用二寸白磁深碟六只，中置一只，外置五只，用灰漆就，其形如梅花，底盖均起凹棱，盖之上有柄如花蒂。置之案头，如一朵墨梅覆桌；启盏视之，如菜装于瓣中，一盒六色，二三知己可以随意取食，食完再添。另做矮边圆盘一只，以便放杯箸酒壶之类，随处可摆，移掇亦便。即食物省俭之一端也。余之小帽领袜皆芸自做，衣之破者移东补西，必整必洁，色取暗淡以免垢迹，既可出客，又可家常。此又服饰省俭之一端也。初至萧爽楼中，嫌其暗，以白纸糊壁，遂亮。夏月楼下去窗，无阑干，觉空洞无遮拦。芸曰："有旧竹帘在，何不以帘代栏？"余曰："如何？"芸曰："用竹数根，黝黑色，一竖一横，留出走路，截半帘搭在横竹上，垂至地，高与桌齐，中竖短竹四根，用麻线扎定，然后于横竹搭帘处，寻旧黑布条，连横竹裹缝之。偶可遮拦饰观，又不费钱。"此"就事论事"之一法也。以此推之，古人所谓竹头木屑皆有用，良有以也。夏月荷花初开时，晚含而晓放，芸用小纱囊撮条叶少许，置花心，明早取出，烹天泉水泡之，香韵尤绝。

坎坷记愁 卷三

人生坎坷何为乎来哉?往往皆自作孽耳。余则非也,多情重诺,爽直不羁,转因之为累。况吾父稼夫公慷慨豪侠,急人之难、成人之事、嫁人之女、抚人之儿,指不胜屈,挥金如土,多为他人。余夫妇居家,偶有需用,不免典质。始则移东补西,继则左支右绌。谚云:"处家人情,非钱不行。"先起小人之议,渐招同室之讥。"女子无才便是德",真千古至言也!余虽居长而行三,故上下呼芸为"三娘"。后忽呼为"三太太",始而戏呼,继成习惯,甚至尊卑长幼,皆以"三太太"呼之,此家庭之变机欤?

乾隆乙巳,随侍吾父于海宁官舍。芸于吾家书中附寄小函,吾父曰:"媳妇既能笔墨,汝母家信付彼司之。"后家庭偶有闲言,吾母疑其述事不当，乃不令代笔。吾父见信非芸手笔，询余曰："汝妇病耶？"余即作札问之，亦不答。久之，吾父怒曰："想汝妇不屑代笔耳！"迨余归，探知委曲，欲为婉剖，芸急止之曰："宁受责于翁，勿失欢于姑也。"竟不自白。

庚戌之春，予又随侍吾父于邗江幕中，有同事俞孚亭者挈眷居焉。吾父谓孚亭曰："一生辛苦，常在客中，欲觅一起居服役之人而不可得。儿辈果能仰体亲意，当于家乡觅一人来，庶语音相合。"孚亭转述于余，密札致芸，倩媒物色，得姚氏女。芸以成否未定，未即禀知吾母。其来也，托言邻女为嬉游者。及吾父命余接取至署，芸又听旁人意见，托言吾父素所合意者。吾母见之曰："此邻女之嬉游者也，何娶之乎？"芸遂并失爱于姑矣。

壬子春，余馆真州。吾父病于邗江，余往省，亦病焉。余弟启堂时亦随侍。芸来书曰："启堂弟曾向邻妇借贷，倩芸作保，现追索甚急。"余询启堂，启堂转以嫂氏为多事，余遂批纸尾曰："父子皆病，无钱可偿，俟启弟归时，自行打算可也。"未几病皆愈，余仍往真州。芸覆书来，吾父拆视之，中述启弟邻项事，且云："令堂以老人之病留由姚姬而起，翁病稍痊，宜密瞩姚托言思家，妾当令其家父母到扬接取。实彼此卸责之计也。"吾父见书怒甚，询启堂以邻项事，答言不知，遂札饬余曰："汝妇背夫借债，谗谤小叔，且称姑曰令堂，翁曰老人，悖谬之甚！我已专人持札回苏斥逐，汝若稍有人心，亦当知过！"余接此札，如闻青天霹雳，即肃书认罪，觅骑遄归，恐芸之短见也。到家述其本末，而家人乃持逐书至，历斥多过，言甚决绝。芸泣曰："妾固不合妄言，但阿翁当恕妇女无知耳。"越数日，吾父又有手谕至，曰："我不为已甚，汝携妇别居，勿使我见，免我生气足矣。"乃寄芸于外家，而芸以母亡弟出，不愿往依族中，幸友人鲁半舫闻而怜之，招余夫妇往居其家萧爽楼。

越两载，吾父渐知始末，适余自岭南归，吾父自至萧爽楼谓芸曰："前事我已尽知，汝盍归乎？"余夫妇欣然，仍归故宅，骨肉重圆。岂料又有憨园之孽障耶！

芸素有血疾，以其弟克昌出亡不返，母金氏复念子病没，悲伤过甚所致。自识憨园，年余未发，余方幸其得良药。而憨为有力者夺去，以千金作聘，且许养其母。佳人已属沙叱利矣！余知之而未敢言也，及芸往探始知之，归而呜咽，谓余曰："初不料憨之薄情乃尔也！"余曰："卿自情痴耳，此中人何情之有哉？况锦衣玉食者，未必能安于荆钗布裙也，与其后悔，莫若无成。"因抚慰之再三。而芸终以受愚为恨，血疾大发，床席支离，刀圭无效，时发时止，骨瘦形销。不数年而逋负日增，物议日起，老亲又以盟妓一端，憎恶日甚，余则调停中立。已非生人之境矣。

芸生一女名青君，时年十四，颇知书，且极贤能，质钗典服，幸赖辛劳。子名逢森，时年十二，从师读书。余连年无馆，设一书画铺于家门之内，三日所进，不敷一日所出，焦劳困苦，竭蹶时形。隆冬无裘，挺身而过，青君亦衣中股栗，犹强曰"不寒"。因是芸誓不医药。偶能起床，适余有友人周春煦自福郡王幕中归，倩人绣《心经》一部,芸念绣经可以消灾降福,且利其绣价之丰,竟绣焉。而春煦行色匆匆,不能久待,十日告成,弱者骤劳,致增腰酸头晕之疾。岂知命薄者,佛亦不能发慈悲也!

绣经之后,芸病转增,唤水索汤,上下厌之。有西人赁屋于余画铺之左,放利债为业,时倩余作画,因识之。友人某向渠借五十金,乞余作保,余以情有难却,允焉,而某竟挟资远遁。西人惟保是问,时来饶舌,初以笔墨为抵,渐至无物可偿。岁底吾父家居,西人索债,咆哮于门。吾父闻之,召余诃责曰:"我辈衣冠之家,何得负此小人之债!"正剖诉间,适芸有自幼同盟姊锡山华氏,知其病,遣人问讯。堂上误以为憨园之使,因愈怒曰:"汝妇不守闺训,结盟娼妓;汝亦不思习上,滥伍小人。若置汝死地,情有不忍。姑宽三日限,速自为计,退必首汝逆矣!"

芸闻而泣曰:"亲怒如此,皆我罪孽。妾死君行,君必不忍;妾留君去,君必不舍。姑密唤华家人来,我强起问之。"因令青君扶至房外,呼华使问曰:"汝主母特遣来耶?抑便道来耶?"曰:"主母久闻夫人卧病,本欲亲来探望,因从未登门,不敢造次,临行嘱咐,倘夫人不嫌乡居简亵,不妨到乡调养,践幼时灯下之言。"盖芸与同绣日,曾有疾病相扶之誓也。因嘱之曰:"烦汝速归,禀知主母,于两日后放舟密来。"

其人既退,谓余曰:"华家盟姊情逾骨肉,君若肯至其家,不妨同行,但儿女携之同往既不便,留之累亲又不可,必于两日内安顿之。"时余有表兄王荩臣一子名韫石,愿得青君为媳妇。芸曰:"闻王郎懦弱无能,不过守成之子,而王又无成可守。幸诗礼之家,且又独子,许之可也。"余谓荩臣曰:"吾父与君有渭阳之谊,欲媳青君,谅无不允。但待长而嫁,势所不能。余夫妇往锡山后,君即禀知堂上,先为童媳,何如?"荩臣喜曰:"谨如命。"逢森亦托友人夏揖山转荐学贸易。

安顿已定,华舟适至,时庚申之腊二十五日也。芸曰:"孑然出门,不惟招邻里笑,且西人之项无著,恐亦不放,必于明日五鼓悄然而去。"余曰:"卿病中能冒晓寒耶?"芸曰:"死生有命,无多虑也。"密禀吾父,亦以为然。是夜先将半肩行李挑下船,令逢森先卧。青君泣于母侧,芸嘱曰:"汝母命苦,兼亦情痴,故遭此颠沛,幸汝父待我厚,此去可无他虑。两三年内,必当布置重圆。汝至汝家须尽妇道,勿似汝母。汝之翁姑以得汝为幸,必善视汝。所留箱笼什物,尽付汝带去。汝弟年幼,故未令知,临行时托言就医,数日即归,俟我去远,告知其故,禀闻祖父可也。"旁有旧妪,即前卷中曾赁其家消暑者,愿送至乡,故是时陪傍在侧,拭泪不已。将交五鼓,暖粥共啜之。芸强颜笑曰:"昔一粥而聚,今一粥而散,若作传奇,可名《吃粥记》矣。"逢森闻声亦起，呻曰："母何为？"芸曰："将出门就医耳。"逢森曰："起何早？"曰："路远耳。汝与姊相安在家，毋讨祖母嫌。我与汝父同往，数日即归。"鸡声三唱，芸含泪扶妪，启后门将出，逢森忽大哭曰："噫，我母不归矣！"青君恐惊人，急掩其口而慰之。当是时，余两人寸肠已断，不能复作一语，但止以"勿哭"而已。青君闭门后，芸出巷十数步，已疲不能行，使妪提灯，余背负之而行。将至舟次，几为逻者所执，幸老妪认芸为病女，余为婿，且得舟子（皆华氏工人），闻声接应，相扶下船。解维后，芸始放声痛哭。是行也，其母子已成永诀矣！

华名大成，居无锡之东高山，面山而居，躬耕为业，人极朴诚，其妻夏氏，即芸之盟姊也。是日午未之交，始抵其家。华夫人已倚门而待，率两小女至舟，相见甚欢，扶芸登岸，款待殷勤。四邻妇人孺子哄然入室，将芸环视，有相问讯者，有相怜惜者，交头接耳，满室啾啾。芸谓华夫人曰："今日真如渔父入桃源矣。"华曰："妹莫笑，乡人少所见多所怪耳。"自此相安度岁。

至元宵，仅隔两旬而芸渐能起步。是夜观龙灯于打麦场中，神情态度渐可复元。余乃心安，与之私议曰："我居此非计，欲他适而短于资，奈何？"芸曰："妾亦筹之矣。君姊丈范惠来现于靖江盐公堂司会计，十年前曾借君十金，适数不敷，妾典钗凑之，君忆之耶？"余曰："忘之矣。"芸曰："闻靖江去此不远，君盍一往？"余如其言。

时天颇暖，织绒袍哗叽短褂犹觉其热，此辛酉正月十六日也。

是夜宿锡山客旅，赁被而卧。晨起趁江阴航船，一路逆风，继以微雨。夜至江阴江口，春寒彻骨，沽酒御寒，囊为之罄。踌躇终夜，拟卸衬衣质钱而渡。十九日北风更烈，雪势犹浓，不禁惨然泪落，暗计房资渡费，不敢再饮。正心寒股栗间，忽见一老翁草鞋毡笠负黄包，入店，以目视余，似相识者。余曰："翁非泰州曹姓耶？"答曰："然。我非公，死填沟壑矣！今小女无恙，时诵公德。不意今日相逢，何逗留于此？"盖余幕泰州时，有曹姓，本微贱，一女有姿色，已许婿家，有势力者放债谋其女，致涉讼，余从中调护，仍归所许，曹即投入公门为隶，叩首作谢，故识之。余告以投亲遇雪之由，曹曰："明日天晴，我当顺途相送。"出钱沽酒，备极款洽。二十日晓钟初动，即闻江口唤渡声，余惊起，呼曹同济。曹曰："勿急，宜饱食登舟。"乃代偿房饭钱，拉余出沽。余以连日逗留，急欲赶渡，食不下咽，强啖麻饼两枚。及登舟，江风如箭，四肢发战。曹曰："闻江阴有人缢于靖，其妻雇是舟而往，必俟雇者来始渡耳。"枵腹忍寒，午始解缆。至靖，暮烟四合矣。曹曰："靖有公堂两处，所访者城内耶？城外耶？"余踉跄随其后，且行且对曰："实不知其内外也。"曹曰："然则且止宿，明日往访耳。"进旅店，鞋袜已为泥淤湿透，索火烘之，草草饮食，疲极酣睡。晨起，袜烧其半，曹又代偿房饭钱。访至城中，惠来尚未起，闻余至，披衣出，见余状惊曰："舅何狼狈至此？"余曰："姑勿问，有银乞借二金，先遣送我者。"惠来以番饼二圆授余，即以赠曹。曹力却，受一圆而去。余乃历述所遭，并言来意。惠来曰:"郎舅至戚,即无宿逋,亦应竭尽绵力,无如航海盐船新被盗,正当盘帐之时,不能挪移丰赠,当勉措番银二十圆以偿旧欠,何如?"余本无奢望,遂诺之。

留住两日,天已晴暖,即作归计。二十五日仍回华宅。芸曰:"君遇雪乎?"余告以所苦。因惨然曰:"雪时,妾以君为抵靖,乃尚逗留江口。幸遇曹老,绝处逢生,亦可谓吉人天相矣。"越数日,得青君信,知逢森已为揖山荐引入店,芝臣请命于吾父,择正月二十四日将伊接去。儿女之事粗能了了,但分离至此,令人终觉惨伤耳。

二月初,日暖风和,以靖江之项薄备行装,访故人胡肯堂于邗江盐署。有贡局众司事公延入局,代司笔墨,身心稍定。至明年壬戌八月,接芸书曰:"病体全瘳,惟寄食于非亲非友之家,终觉非久长之策,愿亦来邗,一睹平山之胜。"余乃赁屋于邗江先春门外,临河两椽,自至华氏接芸同行。华夫人赠一小奚奴曰阿双,帮司炊爨,并订他年结邻之约。

时已十月,平山凄冷,期以春游。满望散心调摄,徐图骨肉重圆。不满月,而贡局司事忽裁十有五人,余系友中之友,遂亦散闲。芸始犹百计代余筹画,强颜慰藉,未尝稍涉怨尤。至癸亥仲春,血疾大发。余欲再至靖江作将伯之呼,芸曰:"求亲不如求友。"余曰:"此言虽是,亲友虽关切,现皆闲处,自顾不遑。"芸曰:"幸天时已暖,前途可无阻雪之虑,愿君速去速回,勿以病人为念。君或体有不安,妾罪更重矣。"时已薪水不继,余佯为雇

骡以安其心,实则囊饼徒步,且食且行。向东南,两渡叉河,约八九十里,四望无村落。至更许,但见黄沙漠漠,明星闪闪,得一土地祠,高约五尺许,环以短墙,植以双柏,因向神叩首,祝曰:"苏州沈某投亲失路至此,欲假神祠一宿,幸神怜佑。"于是移小石香炉于旁,以身探之,仅容半体。以风帽反戴掩面,坐半身于中,出膝于外,闭目静听,微风萧萧而已。足疲神倦,昏然睡去。及醒,东方已白,短墙外忽有步语声,急出探视,盖土人赶集经此也。问以途,曰:"南行十里即泰兴县城,穿城向东南,十里一土墩,过八墩即靖江,皆康庄也。"余乃反身,移炉于原位,叩首作谢而行。过泰兴,即有小车可附。申刻抵靖。投刺焉。良久,司阍者曰:"范爷因公往常州去矣。"察其辞色,似有推托,余诘之曰:"何日可归?"曰:"不知也。"余曰:"虽一年亦将待之。"阍者会余意,私问曰:"公与范爷嫡郎舅耶?"余曰:"苟非嫡者,不待其归矣。"阍者曰:"公姑待之。"越三日,乃以回靖告,共挪二十五金。

雇骡急返，芸正形容惨变，咻咻涕泣。见余归，卒然曰："君知昨午阿双卷逃乎？倩人大索，今犹不得。失物小事，人系伊母临行再三交托，今若逃归，中有大江之阻，已觉堪虞，倘其父母匿子图诈，将奈之何？且有何颜见我盟姊？"余曰："请勿急，卿虑过深矣。匿子图诈，诈其富有也，我夫妇两肩担一口耳，况携来半载，授衣分食，从未稍加扑责，邻里咸知。此实小奴丧良，乘危窃逃。华家盟姊赠以匪人，彼无颜见卿，卿何反谓无颜见彼耶？今当一面呈县立案，以杜后患可也。"芸闻余言，意似稍释。然自此梦中呓语，时呼"阿双逃矣"，或呼"憨何负我"，病势日以增矣。

余欲延医诊治，芸阻曰："妾病始因弟亡母丧，悲痛过甚，继为情感，后由忿激，而平素又多过虑，满望努力做一好媳妇，而不能得，以至头眩、怔忡诸症毕备，所谓病入膏肓，良医束手，请勿为无益之费。忆妾唱随二十三年，蒙君错爱，百凡体恤，不以顽劣见弃，知己如君，得婿如此，妾已此生无憾！若布衣暖，菜饭饱，一室雍雍，优游泉石，如沧浪亭、萧爽楼之处境，真成烟火神仙矣。神仙几世才能修到，我辈何人，敢望神仙耶？强而求之，致干造物之忌，即有情魔之扰。总因君太多情，妾生薄命耳！"因又呜咽而言曰："人生百年，终归一死。今中道相离，忽焉长别，不能终奉箕帚、目睹逢森娶妇，此心实觉耿耿。"言已，泪落如豆。余勉强慰之曰："卿病八年，恹恹欲绝者屡矣，今何忽作断肠语耶？"芸曰："连日梦我父母放舟来接，闭目即飘然上下，如行云雾中，殆魂离而躯壳存乎？"余曰："此神不收舍，服以补剂，静心调养，自能安痊。"芸又唏嘘曰："妾若稍有生机一线，断不敢惊君听闻。今冥路已近，苟再不言，言无日矣。君之不得亲心，流离颠沛，皆由妾故，妾死则亲心自可挽回，君亦可免牵挂。堂上春秋高矣，妾死，君宜早归。如无力携妾骸骨归，不妨暂厝于此，待君将来可耳。愿君另续德容兼备者，以奉双亲，抚我遗子，妾亦瞑目矣。"言至此，痛肠欲裂，不觉惨然大恸。余曰："卿果中道相舍，断无再续之理，况'曾经沧海难为水，除却巫山不是云'耳。"芸乃执余手而更欲有言，仅断续叠言"来世"二字，忽发喘口噤，两目瞪视，千呼万唤已不能言。痛泪两行，涔涔流溢。既而喘渐微，泪渐干，一灵缥缈，竟尔长逝！时嘉庆癸亥三月三十日也。当是时，孤灯一盏，举目无亲，两手空拳，寸心欲碎。绵绵此恨，曷其有极！

承吾友胡省堂以十金为助，余尽室中所有，变卖一空，亲为成殓。呜呼！芸一女流，具男子之襟怀才识。归吾门后，余日奔走衣食，中馈缺乏，芸能纤悉不介意。及余家居，惟以文字相辩析而已。卒之疾病颠连，赍恨以没，谁致之耶？余有负闺中良友，又何可胜道哉！奉劝世间夫妇，固不可彼此相仇，亦不可过于情笃。语云"恩爱夫妻不到头"，如余者，可作前车之鉴也。

回煞之期，俗传是日魂必随煞而归，故居中铺设一如生前，且须铺生前旧衣于床上，置旧鞋于床下，以待魂归瞻顾，吴下相传谓之"收眼光"。延羽士作法，先召于床而后遣之，谓之"接眚"。邗江俗例，设酒肴于死者之室，一家尽出，谓之"避眚"。

以故有因避被窃者。芸娘殁期，房东因同居而出避，邻家嘱余亦设筵远避。余冀魄归一见，姑漫应之。同乡张禹门谏余曰："因邪入邪，宜信其有，勿尝试也。"余曰："所以不避而待之者，正信其有也。"张曰："回煞犯煞不利生人，夫人即或魂归，业已阴阳有间，窃恐欲见者无形可接，应避者反犯其锋耳。"时余痴心不昧，强对曰："死生有命。君果关切，伴我何如？"张曰："我当于门外守之，君有异见，一呼即入可也。"余乃张灯入室，见铺设宛然而音容已杳，不禁心伤泪涌。又恐泪眼模糊失所欲见，忍泪睁目，坐床而待。抚其所遗旧服，香泽犹存，不觉柔肠寸断，冥然昏去。转念待魂而来，何去遽睡耶？开目四现，见席上双烛青焰荧荧，缩光如豆，毛骨悚然，通体寒栗。因摩两手擦额，细瞩之，双焰渐起，高至尺许，纸裱顶格几被所焚。余正得借光四顾间，光忽又缩如前。此时心舂股栗，欲呼守者进观，而转念柔魂弱魄，恐为盛阳所逼，悄呼芸名而祝之，满室寂然，一无所见，既而烛焰复明，不复腾起矣。出告禹门，服余胆壮，不知余实一时情痴耳。

芸没后，忆和靖"妻梅子鹤"语，自号梅逸。权葬芸于扬州西门外之金桂山，俗呼郝家宝塔。买一棺之地，从遗言寄于此。携木主还乡，吾母亦为悲悼，青君、逢森归来，痛哭成服。启堂进言曰："严君怒犹未息，兄宜仍往扬州，俟严君归里，婉言劝解，再当专札相招。"余遂拜母别子女，痛哭一场，复至扬州，卖画度日。因得常哭于芸娘之墓，影单形只，备极凄凉，且偶经故居，伤心惨目。重阳日，邻冢皆黄，芸墓独青，守坟者曰："此好穴场，故地气旺也。"余暗祝曰："秋风已紧，身尚衣单，卿若有灵，佑我图得一馆，度此残年，以待家乡信息。"未几，江都幕客章驭庵先生欲回浙江葬亲，倩余代庖三月，得备御寒之具。封篆出署，张禹门招寓其家。张亦失馆，度岁艰难，商于余，即以余资二十金倾囊借之，且告曰："此本留为亡荆扶柩之费，一俟得有乡音，偿我可也。"是年即寓张度岁，晨占夕卜，乡音殊杳。

至甲子三月，接青君信，知吾父有病。即欲归苏，又恐触旧忿。正趑趄观望间，复接青君信，始痛悉吾父业已辞世。刺骨痛心，呼天莫及。无暇他计，即星夜驰归，触首灵前，哀号流血。呜呼！吾父一生辛苦，奔走于外。生余不肖，既少承欢膝下，又未侍药床前，不孝之罪何可逭哉！吾母见余哭，曰："汝何此日始归耶？"余曰："儿之归，幸得青君孙女信也。"吾母目余弟妇，遂默然。余入幕守灵至七，终无一人以家事告、以丧事商者。余自问人子之道已缺，故亦无颜询问。

一日，忽有向余索逋者登门饶舌，余出应曰："欠债不还，固应催索，然吾父骨肉未寒，乘凶追呼，未免太甚。"中有一人私谓余曰："我等皆有人招之使来，公且避出，当向招我者索偿也。"余曰："我欠我偿，公等速退！"皆唯唯而去。余因呼启堂谕之曰："兄虽不肖，并未作恶不端，若言出嗣降服，从未得过纤毫嗣产，此次奔丧归来，本人子之道，岂为产争故耶？大丈夫贵乎自立，我既一身归，仍以一身去耳！"言已，返身入幕，不觉大恸。叩辞吾母，走告青君，行将出走深山，求赤松子于世外矣。

青君正劝阻间，友人夏南熏字淡安、夏逢泰字揖山两昆季寻踪而至，抗声谏余曰："家庭若此，固堪动忿，但足下父死而母尚存，妻丧而子未立，乃竟飘然出世，于心安乎？"余曰："然则如之何？"淡安曰："奉屈暂居寒舍，闻石琢堂殿撰有告假回籍之信，盍俟其归而往谒之？其必有以位置君也。"余曰："凶丧未满百日，兄等有老亲在堂，恐多未便。"揖山曰："愚兄弟之相邀，亦家君意也。足下如执以为不便，西邻有禅寺，方丈僧与余交最善，足下设榻于寺中，何如？"余诺之。青君曰："祖父所遗房产，不下三四千金，既已分毫不取，岂自己行囊亦舍去耶？我往取之，径送禅寺父亲处可也。"因是于行囊之外，转得吾父所遗图书、砚台、笔筒数件。

寺僧安置于大悲阁。阁南向，向东设神像，隔西首一间，设月窗，紧对佛龛，本为作佛事者斋食之地。余即设榻其中，临门有关圣提刀立像，极威武。院中有银杏一株，大三抱，荫覆满阁，夜静风声如吼。揖山常携酒果来对酌，曰："足下一人独处，夜深不寐，得无畏怖耶？"余曰："仆一生坦直，胸无秽念，何怖之有？"居未几，大雨倾盆，连宵达旦三十余天，时虑银杏折枝，压梁倾屋。赖神默佑，竟得无恙。而外之墙坍屋倒者不可胜计，近处田禾俱被漂没。余则日与僧人作画，不见不闻。七月初，天始霁，揖山尊人号莼芗有交易赴崇明，偕余往，代笔书券得二十金。归，值吾父将安葬，启堂命逢森向余曰："叔因葬事乏用，欲助一二十金。"余拟倾囊与之，揖山不允，分帮其半。余即携青君先至墓所，葬既毕，仍返大悲阁。九月杪，揖山有田在东海永泰沙，又偕余往收其息。盘桓两月，归已残冬，移寓其家雪鸿草堂度岁。真异姓骨肉也。

乙丑七月，琢堂始自都门回籍。琢堂名韫玉，字执如，琢堂其号也，与余为总角交。乾隆庚戌殿元，出为四川重庆守。白莲教之乱，三年戎马，极著劳绩。及归，相见甚欢，旋于重九日挈眷重赴四川重庆之任，邀余同往。余即叩别吾母于九妹倩陆尚吾家，盖先君故居已属他人矣。吾母嘱曰："汝弟不足恃，汝行须努力。重振家声，全望汝也！"逢森送余至半途，忽泪落不已，因嘱勿送而返。舟出京口，琢堂有旧交王惕夫孝廉在淮扬盐署，绕道往晤，余与偕往，又得一顾芸娘之墓。返舟由长江溯流而上，一路游览名胜。至湖北之荆州，得升潼关观察之信，遂留余与其嗣君敦夫、眷属等，暂寓荆州，琢堂轻骑减从至重庆度岁，遂由成都历栈道之任。丙寅二月，川眷始由水路往，至樊城登陆。途长费巨，车重人多，毙马折轮，备尝辛苦。抵潼关甫四月，琢堂又升山左廉访。清风两袖，眷属不能偕行，暂借潼川书院作寓。十月杪，始支山左廉俸，专人接眷。附有青君之书，骇悉逢森于四月间夭亡。始忆前之送余堕泪者，盖父子永诀也。呜呼！芸仅一子，不得延其嗣续耶！琢堂闻之，亦为之浩叹，赠余一妾，重入春梦。从此扰扰攘攘，又不知梦醒何时耳。

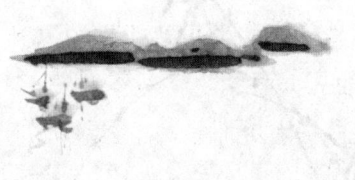

浪游记快

卷四

　　余游幕三十年来，天下所未到者，蜀中、黔中与滇南耳。惜乎轮蹄征逐，处处随人，山水怡情，云烟过眼，不道领略其大概，不能探僻寻幽也。余凡事喜独出己见，不屑随人是非，即论诗品画，莫不存人珍我弃、人弃我取之意，故名胜所在，贵乎心得，有名胜而不觉其佳者，有非名胜而自以为妙者，聊以平生所历者记之。

　　余年十五时，吾父稼夫公馆于山阴赵明府幕中。有赵省斋先生名传者，杭之宿儒也，赵明府延教其子，吾父命余亦拜投门下。暇日出游，得至吼山，离城约十余里，不通陆路。近山见一石洞，上有片石横裂欲堕，即从其下荡舟入。豁然空其中，四面皆峭壁，俗名之曰"水园"。临流建石阁五椽，对面石壁有"观鱼跃"三

字，水深不测，相传有巨鳞潜伏，余投饵试之，仅见不盈尺者出而唼食焉。阁后有道通旱园，拳石乱叠，有横阔如掌者，有柱石平其顶而上加大石者，凿痕犹在，一无可取。游览既毕，宴于水阁，命从者放爆竹，轰然一响，万山齐应，如闻霹雳声。此幼时快游之始。惜乎兰亭、禹陵未能一到，至今以为憾。

至山阴之明年，先生以亲老不远游，设帐于家，余遂从至杭，西湖之胜因得畅游。结构之妙，予以龙井为最，小有天园次之。石取天竺之飞来峰、城隍山之瑞石古洞。水取玉泉，以水清多鱼，有活泼趣也。大约至不堪者，葛岭之玛瑙寺。其余湖心亭、六一泉诸景，各有妙处，不能尽述，然皆不脱脂粉气，反不如小静室之幽僻，雅近天然。

苏小墓在西泠桥侧。土人指示，初仅半丘黄土而已，乾隆庚子圣驾南巡，曾一询及，甲辰春复举南巡盛典，则苏小墓已石筑其坟，作八角形，上立一碑，大书曰"钱塘苏小小之墓"。从此吊古骚人不须徘徊探访矣。余思古来烈魄忠魂堙没不传者，固不可胜数，即传而不久者亦不为少，小小一名妓耳，自南齐至今，尽人而知之，此殆灵气所钟，为湖山点缀耶？

桥北数武有崇文书院，余曾与同学赵缉之投考其中。时值长夏，起极早，出钱塘门，过昭庆寺，上断桥，坐石阑上。旭日将升，朝霞映于柳外，尽态极妍；白莲香里，清风徐来，令人心骨皆清。步至书院，题犹未出也。午后缴卷，偕缉之纳凉于紫云洞，大可容数十人，石窍上透日光。有入设短几矮凳，卖酒于此。解衣小酌，尝鹿脯甚妙，佐以鲜菱雪藕，微酣出洞。缉之曰："上有朝阳台，颇高旷，盍往一游？"余亦兴发，奋勇登其巅，觉西湖如镜，杭城如丸，钱塘江如带，极目可数百里。此生平第一大观也。坐良久，阳乌将落，相携下山，南屏晚钟动矣。韬光、云栖路远未到，其红门局之梅花，姑姑庙之铁树，不过尔尔。紫阳洞予以为必可观，而访寻得之，洞口仅容一指，涓涓流水而已，相传中有洞天，恨不能抉门而入。

清明日，先生春祭扫墓，挈余同游。墓在东岳，是乡多竹，坟丁掘未出土之毛笋，形如梨而尖，作羹供客。余甘之，尽其两碗。先生曰："噫！是虽味美而克心血，宜多食肉以解之。"余素不贪屠门之嚼，至是饭量且因笋而减，归途觉烦躁，唇舌几裂。过石屋洞，不甚可观。水乐洞峭壁多藤萝，入洞如斗室，有泉流甚急，其声琅琅。池广仅三尺，深五寸许，不溢亦不竭。余俯流就饮，烦躁顿解。洞外二小亭，坐其中可听泉声。衲子请观万年缸。缸在香积厨，形甚巨，以竹引泉灌其内，听其满溢，年久结苔厚尺许，冬日不冰，故不损也。

辛丑秋八月，吾父病疟返里，寒索火，热索冰，余谏不听，竟转伤寒，病势日重。余侍奉汤药，昼夜不交睫者几月。吾妇芸娘亦大病，恹恹在床。心境恶劣，莫可名状。吾父呼余嘱之曰："我病恐不起，汝守数本书，终非糊口计，我托汝于盟弟蒋思斋，仍继吾业可耳。"越日思斋来，即于榻前命拜为师。未几，得名医徐观莲先生诊治，父病渐痊。芸亦得徐力起床。而余则从此习幕矣。此非快事，何记于此？曰：此抛书浪游之始，故记之。

思斋先生名襄，是年冬，即相随习幕于奉贤官舍。有同习幕者，顾姓名金鉴，字鸿干，号紫霞，亦苏州人也。为人慷慨刚毅，直谅不阿，长余一岁，呼之为兄。鸿干即毅然呼余为弟，倾心相交。此余第一知己交也，惜以二十二岁卒，余即落落寡交，今年且四十有六矣，茫茫沧海，不知此生再遇知己如鸿干者否？

忆与鸿干订交，襟怀高旷，时兴山居之想。重九日，余与鸿干俱在苏，有前辈王小侠与吾父稼夫公唤女伶演剧，宴客吾家，余患其扰，先一日约鸿干赴寒山登高，借访他日结庐之地。芸为整理小酒榼。

越日天将晓，鸿干已登门相邀。遂携榼出胥门，入面肆，各饱食。渡胥江，步至横塘枣市桥，雇一叶扁舟，到山日犹未午。

舟子颇循良，令其籴米煮饭。余两人上岸，先至中峰寺。寺在支硎古刹之南，循道而上，寺藏深树，山门寂静，地僻僧闲，见余两人不衫不履，不甚接待，余等志不在此，未深入。归舟，饭已熟。饭毕，舟子携榼相随，嘱其子守船，由寒山至高义园之白云精舍。轩临峭壁，飞凿小池，围以石栏，一泓秋水，崖悬薜荔，墙积莓苔。坐轩下，惟闻落叶萧萧，悄无人迹。出门有一亭，嘱舟子坐此相候。余两人从石罅中入，名"一线天"，循级盘旋，直造其巅，曰"上白云"，有庵已坍颓，存一危栈，仅可远眺。小憩片刻，即相扶而下，舟子曰："登高忘携酒榼矣。"鸿干曰："我等之游，欲觅偕隐地耳，非专为登高也。"舟子曰："离此南行二三里，有上沙村，多人家，有隙地，我有表戚范姓居是村，盍往一游？"余喜曰："此明末徐俟斋先生隐居处也，有园闻极幽雅，从未一游。"于是舟子导往。村在两山夹道中。园依山而无石，老树多极纡回盘郁之势，亭榭窗栏尽从朴素，竹篱茆舍，不愧隐者之居。中有皂荚亭，树大可两抱。余所历园亭，此为第一。园左有山，俗呼鸡笼山，山峰直竖，上加大石，如杭城之瑞石古洞，而不及其玲珑。旁一青石加榻，鸿干卧其上曰："此处仰观峰岭，俯视园亭，既旷且幽，可以开樽矣。"因拉舟子同饮，或歌或啸，大畅胸怀。土人知余等觅地而来，误以为堪舆，以某处有好风水相告。鸿干曰："但期合意，不论风水。"（岂意竟成谶语！）酒瓶既罄，各采野菊插满两鬓。

归舟，日已将没。更许抵家，客犹未散。芸私告余曰："女伶中有兰官者，端庄可取。"余假传母命呼之入内，握其腕而睨之，果丰颐白腻。余顾芸曰："美则美矣，终嫌名不称实。"芸曰："肥者有福相。"余曰："马嵬之祸，玉环之福安在？"芸以他辞遣之出。谓余曰："今日君又大醉耶？"余乃历述所游，芸亦神往者久之。

　　癸卯春，余从思斋先生就维扬之聘，始见金、焦面目。金山宜远观，焦山宜近视，惜余往来其间未尝登眺。渡江而北，渔洋所谓"绿杨城郭是扬州"一语已活现矣！平山堂离城约三四里，行其途有八九里，虽全是人工，而奇思幻想，点缀天然，即阆苑瑶池、琼楼玉宇，谅不过此。其妙处在十余家之园亭合而为一，联络至山，气势俱贯。其最难位置处，出城入景，有一里许紧沿城郭。夫城缀于旷远重山间，方可入画，园林有此，蠢笨绝伦。而观其或亭或台、或墙或石、或竹或树，半隐半露间，使游人不觉其触目，此非胸有丘壑者断难下手。城尽，以虹园为首折而向北，有石梁曰"虹桥"，不知园以桥名乎？桥以园名乎？荡舟过，曰"长堤春柳"，此景不缀城脚而缀于此，更见布置之妙。再折而西，垒土立庙，曰"小金山"，有此一挡便觉气势紧凑，亦非俗笔。闻此地本沙土，屡筑不成，用木排若干，层叠加土，费数万金乃成，若非商家，乌能如是？过此有胜概楼，年年观竞渡于此。河面较宽，南北跨一莲花桥，桥门通八面，桥面设五亭，扬人呼为"四盘一暖锅"，此思穷力竭之为，不甚可取。桥南有莲心寺，寺中突起喇嘛白塔，金顶缨络，高矗云霄，殿角红墙松柏掩映，钟磬时闻，此天下园亭所未有者。过桥见三层高阁，画栋飞檐，五彩绚烂，叠以太湖石，围以白石栏，名曰"五云多处"，如作文中间之大结构也。过此名"蜀冈朝阳"，平坦无奇，且属附会。将及山，河面渐束，堆土植竹树，作四五曲。似已山穷水尽，而忽豁然开朗，平山之万松林已列于前矣。"平山堂"为欧阳文忠公所书。所谓淮东第五泉，真者在假山石洞中，不过一井耳，味与天泉同；其荷亭中之六孔铁井栏者，乃系假设，水不堪饮。九峰园另在南门幽静处，别饶天趣，余以为诸园之冠。康山未到，不识如何。此皆言其大概，其工巧处、精美处，不能尽述，大约宜以艳妆美人目之，不可作浣纱溪上观也。余适恭逢南巡盛典，各工告竣，敬演接驾点缀，因得畅其大观，亦人生难遇者也。

甲辰之春，余随侍吾父于吴江明府幕中，与山阴章苹江、武林章映牧、苕溪顾蔼泉诸公同事，恭办南斗圩行宫，得第二次瞻仰天颜。一日，天将晚矣，忽动归兴。有办差小快船，双橹两桨，于太湖飞棹疾驰，吴俗呼为"出水辔头"，转瞬已至吴门桥。即跨鹤腾空，无此神爽。抵家，晚餐未熟也。吾乡素尚繁华，至此日之争奇夺胜，较昔尤奢。灯彩眩眸，笙歌聒耳，古人所谓"画栋雕甍""珠帘绣幕""玉栏干""锦步障"，不啻过之。余为友人东拉西扯，助其插花结彩，闲则呼朋引类，剧饮狂歌，畅怀游览，少年豪兴，不倦不疲。苟生于盛世而仍居僻壤，安得此游观哉？

是年，何明府因事被议，吾父即就海宁王明府之聘。嘉兴有刘蕙阶者，长斋佞佛，来拜吾父。其家在烟雨楼侧，一阁临河，曰"水月居"，其诵经处也，洁静如僧舍。烟雨楼在镜湖之中，四岸皆绿杨，惜无多竹。有平台可远眺，渔舟星列，漠漠平波，似宜月夜。衲子备素斋甚佳。至海宁，与白门史心月、山阴俞午桥同事。心月一子名烛衡，澄静缄默，彬彬儒雅，与余莫逆，此生平第二知心交也。惜萍水相逢，聚首无多日耳。游陈氏安澜园，地占百亩，重楼复阁，夹道回廊；池甚广，桥作六曲形；石满藤萝，凿痕全掩；古木千章，皆有参天之势；鸟啼花落，如入深山。此人工而归于天然者。余所历平地之假石园亭，此为第一。曾于桂花楼中张宴，诸味尽为花气所夺，惟酱姜味不变。姜桂之性老而愈辣，以喻忠节之臣，洵不虚也。出南门即大海，一日两潮，如万丈银堤破海而过。船有迎潮者，潮至，反棹相向，于船头设一木招，状如长柄大刀，招一捺，潮即分破，船即随招而入，俄顷始浮起，拨转船头随潮而去，顷刻百里。塘上有塔院，中秋夜曾随吾父观潮于此。循塘东约三十里，名尖山，一峰突起，扑入海中，山顶有阁，匾曰"海阔天空"，一望无际，但见怒涛接天而已。

余年二十有五，应徽州绩溪克明府之召，由武林下"江山船"，过富春山，登子陵钓台。台在山腰，一峰突起，离水十余丈。岂汉时之水竟与峰齐耶？月夜泊界口，有巡检署，"山高月小，水落石出"，此景宛然。黄山仅见其脚，惜未一瞻面目。绩溪城处于万山之中，弹丸小邑，民情淳朴。近城有石镜山，由山弯中曲折一里许，悬崖急湍，湿翠欲滴；渐高至山腰，有一方石亭，四面皆陡壁；亭左石削如屏，青色光润，可鉴人形，俗传能照前生。黄巢至此，照为猿猴形，纵火焚之，故不复现。离城十里有火云洞天，石纹盘结，凹凸巉岩，如黄鹤山樵笔意，而杂乱无章，洞石皆深绛色。旁有一庵甚幽静，盐商程虚谷曾招游设宴于此。席中有肉馒头，小沙弥眈眈旁视，授以四枚，临行以番银二圆为酬，山僧不识，推不受。告以一枚可易青钱七百余文，僧以近无易处，仍不受。乃攒凑青蚨六百文付之，始欣然作谢。他日余邀同人携榼再往，老僧嘱曰："曩者小徒不知食何物而腹泻，今勿再与。"可知藜藿之腹不受肉味，良可叹也。余谓同人曰："作和尚者，必用此等僻地，终身不见不闻，或可修真养静。若吾乡之虎丘山，终日目所见者妖童艳妓，耳所听者弦索笙歌，鼻所闻者佳肴美酒，安得身如枯木、心如死灰哉？"

又去城三十里，名曰仁里，有花果会，十二年一举，每举各出盆花为赛。余在绩溪适逢其会，欣然欲往，苦无轿马，乃教以断竹为杠，缚椅为轿，雇人肩之而去，同游者惟同事许策廷，见者无不讶笑。至其地，有庙，不知供何神。庙前旷处高搭戏台，画梁方柱极其巍焕，近视则纸扎彩画，抹以油漆者。锣声忽至，四人抬对烛大如断柱，八人抬一猪大若牯牛，盖公养十二年始宰以献神。策廷笑曰："猪固寿长，神亦齿利。我若为神，乌能享此。"余曰："亦足见其愚诚也。"入庙，殿廊轩院所设花果盆玩，并不剪枝拗节，尽以苍老古怪为佳，大半皆黄山松。既而开场演剧，人如潮涌而至，余与策廷遂避去。未两载，余与同事不合，拂衣归里。

余自绩溪之游，见热闹场中卑鄙之状不堪入目，因易儒为贾。余有姑丈袁万九，在盘溪之仙人塘作酿酒生涯，余与施心耕附资合伙。袁酒本海贩，不一载，值台湾林爽文之乱，海道阻隔，货积本折，不得已仍为冯妇。馆江北四年，一无快游可记。

迨居萧爽楼，正作烟火神仙，有表妹倩徐秀峰自粤东归，见余闲居，慨然曰："足下待露而爨，笔耕而炊，终非久计，盍偕我作岭南游？当不仅获蝇头利也。"芸亦劝余曰："乘此老亲尚健，子尚壮年，与其商柴计米而寻欢，不如一劳永逸。"余乃商诸交游者，集资作本。芸亦自办绣货及岭南所无之苏酒醉蟹等物。禀知堂上，于小春十日，偕秀峰由东坝出芜湖口。

长江初历，大畅襟怀。每晚舟泊后，必小酌船头。见捕鱼者罾幂不满三尺，孔大约有四寸，铁箍四角，似取易沉。余笑曰："圣人之教虽曰'罟不用数'，而如此之大孔小罾，焉能有获？"秀峰曰："此专为网鳊鱼设也。"见其系以长绠，忽起忽落，似探鱼之有无。未几，急挽出水，已有鳊鱼枷罾孔而起矣。余始喟然曰："可知一己之见，未可测其奥妙。"一日，见江心中一峰突起，四无依倚。秀峰曰："此小孤山也。"霜林中，殿阁参差。乘风径过，惜未一游。至滕王阁，犹吾苏府学之尊经阁移于胥门之大码头，王子安序中所云不足信也。即于阁下换高尾昂首船，名"三板子"，由赣关至南安登陆。值余三十诞辰，秀峰备面为寿。越日过大庾岭，山巅一亭，匾曰"举头日近"，言其高也。山头分为二，两边峭壁，中留一道如石巷。口列两碑，一曰"急流勇退"，一曰"得意不可再往"。山顶有梅将军祠，未考为何朝人。所谓岭上梅花，并无一树，意者以梅将军得名梅岭耶？余所带送礼盆梅，至此将交腊月，已花落而叶黄矣。过岭出口，山川风物便觉顿殊。岭西一山，石窍玲珑，已忘其名，舆夫曰："中有仙人床榻。"匆匆竟过，以未得游为怅。至南雄，雇老龙船，过佛山镇，见人家墙顶多列盆花，叶如冬青，花如牡丹，有大红、粉白、粉红三种，盖山茶花也。

腊月望，始抵省城，寓靖海门内，赁王姓临街楼屋三椽。秀峰货物皆销与当道，余亦随其开单拜客，即有配礼者络绎取货，不旬日而余物已尽。除夕爆声如雷。岁朝贺节，有棉袍纱套者。不惟气候迥别，即土著人物，同一五官而神情迥异。

正月既望，有署中同乡三友拉余游河观妓，名曰"打水围"，妓名"老举"。于是同出靖海门，下小艇（如剖分之半蛋而加篷焉），先至沙面。妓船名"花艇"，皆对头分排，中留水巷以通小艇往来。每帮约一二十号，横木绑定，以防海风。两船之间钉以木桩，套以藤圈，以便随潮长落。鸨儿呼为"梳头婆"，头用银丝为架，高约四寸许，空其中而蟠发于外，以长耳挖插一朵花于鬓。身披元青短袄，著元青长裤，管拖脚背，腰束汗巾，或红或绿，赤足撒鞋，式如梨园旦脚。登其艇，即躬身笑迎，搴帏入舱。旁列椅杌，中设大炕，一门通艄后。妇呼有客，即闻履声杂沓而出，有挽髻者，有盘辫者，傅粉如粉墙，搽脂如榴火。或红袄绿裤，或绿袄红裤，有著短袜而撮绣花蝴蝶履者，有赤足而套银脚镯者。或蹲于炕，或倚于门，双瞳闪闪，一言不发。余顾秀峰曰："此何为者也？"秀峰曰："目成之后，招之始相就耳。"余试招之，果即欢容至前，袖出槟榔为敬。入口大嚼，涩不可耐，急吐之，以纸擦唇，其吐如血。合艇皆大笑。又至军工厂，妆束亦相等，惟长幼皆能琵琶而已。与之言，对曰"咪"，"咪"者，"何"也。余曰："'少不入广'者，以其销魂耳，若此野妆蛮语，谁为动心哉？"一友曰："潮帮妆束如仙，可往一游。"至其帮，排舟亦如沙面。有著名鸨儿素娘者，妆束如花鼓妇。其粉头衣皆长领，颈套项锁，前发齐眉，后发垂肩，中挽一鬏似丫髻，裹足者著裙，不裹足者短袜，亦著蝴蝶履，长拖裤管，语音可辨。而余终嫌为异服，兴趣索然。秀峰曰："靖海门对渡有扬帮，皆吴妆，君往，必有合意者。"一友曰："所谓扬帮者，仅一鸨儿，呼曰邵寡妇，携一媳曰大姑，系来自扬州，余皆湖广江西人也。"因至扬帮。对面两排仅十余艇，其中人物皆云鬟雾鬓，脂粉薄施，阔袖长裙，语音了了，所谓邵寡妇者殷勤相接。遂有一友另唤酒船，大者曰"恒舻"，小者曰"沙姑艇"，作东道相邀，请余择妓。余择一雏年者，身材状貌有类余妇芸娘，而足极尖细，名喜儿。秀峰唤一妓名翠姑。余皆各有旧交。放艇中流，开怀畅饮。至更许，余恐不能自持，坚欲回寓，而城已下钥久矣。盖海疆之城，日落即闭，余不知也。及终席，有卧吃鸦片烟者，有拥妓而调笑者，伻头各送衾枕至，行将连床开铺。余暗询喜儿："汝本艇可卧否？"对曰："有寮可居，未知有客否也。"（寮者，船顶之楼。）余曰："姑往探之。"招小艇渡至邵船，但见合帮灯火相对如长廊，寮适无客。鸨儿笑迎曰："我知今日贵客来，故留寮以相待也。"余笑曰："姥真荷叶下仙人哉！"遂有伻头移烛相引，由舱后梯而登。宛如斗室，旁一长榻，几案俱备。揭帘再进，即在头舱之顶，床亦旁设，中间方窗嵌以玻璃，不火而光满一室，盖对船之灯光也。衾帐镜奁，颇极华美。喜儿曰："从台可以望月。"即在梯门之上叠开一窗，蛇行而出，即后梢之顶也。三面皆设短栏，一轮明月，水阔天空。纵横如乱叶浮水者，酒船也；闪烁如繁星列天者，酒船之灯也；更有小艇梳织往来，笙歌弦索之声杂以长潮之沸，令人情为之移。余曰："'少不入广'，当在斯矣！"惜余妇芸娘不能偕游至此，回顾喜儿，月下依稀相似，因挽之下台，息烛而卧。天将晓，秀峰等已哄然至，余披衣起迎，皆责以昨晚之逃。余曰："无他，恐公等掀衾揭帐耳！"遂同归寓。

越数日，偕秀峰游海珠寺。寺在水中，围墙若城四周。离水五尺许有洞，设大炮以防海寇，潮长潮落，随水浮沉，不觉炮门之或高或下，亦物理之不可测者。十三洋行在幽兰门之西，结构与洋画同。对渡名花地，花木甚繁，广州卖花处也。余自以为无花不识，至此仅识十之六七，询其名有《群芳谱》所未载者，或土音之不同欤？海幢寺规模极大，山门内植榕树，大可十余抱，阴浓如盖，秋冬不凋。柱槛窗栏皆以铁梨木为之。有菩提树，其叶似柿，浸水去皮，肉筋细如蝉翼纱，可裱小册写经。

归途访喜儿于花艇，适翠、喜二妓俱无客。茶罢欲行，挽留再三。余所属意在寮，而其媳大姑已有酒客在上，因谓邵鸨儿曰："若可同往寓中，则不妨一叙。"邵曰："可。"秀峰先归，嘱从者整理酒肴。余携翠、喜至寓。正谈笑间，适郡署王懋老不期来，挽之同饮。酒将沾唇，忽闻楼下人声嘈杂，似有上楼之势，盖房东一侄素无赖，知余招妓，故引人图诈耳。秀峰怨曰："此皆三白一时高兴，不合我亦从之。"余曰："事已至此，应速思退兵之计，非斗口时也。"懋老曰："我当先下说之。"余即唤仆速雇两轿，先脱两妓，再图出城之策。闻懋老说之不退，亦不上楼。两轿已备，余仆手足颇捷，令其向前开路，秀峰挽翠姑继之，余挽喜儿于后，一哄而下。秀峰、翠姑得仆力已出门去，喜儿为横手所拿，余急起腿，中其臂，手一松而喜儿脱去，余亦乘势脱身出。余仆犹守于门，以防追抢。急问之曰："见喜儿否？"仆曰："翠姑已乘轿去，喜娘但见其出，未见其乘轿也。"余急燃炬，见空轿犹在路旁。急追至靖海门，见秀峰侍翠轿而立，又问之，对曰："或应投东，而反奔西矣。"急反身，过寓十余家，闻暗处有唤余者，烛之，喜儿也，遂纳之轿，肩而行。秀峰亦奔至，曰："幽兰门有水窦可出，已托人贿之启钥，翠姑去矣，喜儿速往！"余曰："君速回寓退兵，翠、喜交我！"至水窦边，果已启钥，翠先在。余遂左掖喜，右挽翠，折腰鹤步，跄跄出窦。天适微雨，路滑如油，至河干沙面，笙歌正盛。小艇有识翠姑者，招呼登舟。始见喜儿首如飞蓬，钗环俱无有。余曰："被抢去耶？"喜儿笑曰："闻此皆赤金，阿母物也，妾于下楼时已除去，藏于囊中。若被抢去，累君赔偿耶？"余闻言，心甚德之，令其重整钗环，勿告阿母，托言寓所人杂，故仍归舟耳。翠姑如言告母，并曰："酒菜已饱，备粥

可也。"时寮上酒客已去,邵鸨儿命翠亦陪余登寮。见两对绣鞋泥污已透。三人共粥,聊以充饥。剪烛絮谈,始悉翠籍湖南,喜亦豫产,本姓欧阳,父亡母醮,为恶叔所卖。翠姑告以迎新送旧之苦,心不欢必强笑,酒不胜必强饮,身不快必强陪,喉不爽必强歌。更有乖张其性者,稍不合意,即掷酒翻案,大声辱骂,假母不察,反言接待不周。又有恶客彻夜蹂躏,不堪其扰。喜儿年轻初到,母犹惜之。不觉泪随言落。喜儿亦嘿然涕泣。余乃挽喜入怀,抚慰之。嘱翠姑卧于外榻,盖因秀峰交也。

　　自此或十日或五日,必遣人来招,喜或自放小艇,亲至河干迎接。余每去必邀秀峰,不邀他客,不另放艇。一夕之欢,番银四圆而已。秀峰今翠明红,俗谓之跳槽,甚至一招两妓;余则惟喜儿一人,偶独往,或小酌于平台,或清谈于寮内,不令唱歌,不强多饮,温存体恤,一艇怡然,邻妓皆羡之。有空闲无客者,知余在寮,必来相访。合帮之妓无一不识,每上其艇,呼余声不绝，余亦左顾右盼，应接不暇，此虽挥霍万金所不能致者。余四月在彼处，共费百余金，得尝荔枝鲜果，亦生平快事。后鸨儿欲索五百金强余纳喜，余患其扰，遂图归计。秀峰迷恋于此，因劝其购一妾，仍由原路返吴。明年，秀峰再往，吾父不准偕游，遂就青浦杨明府之聘。及秀峰归，述及喜儿因余不往，几寻短见。噫！"半年一觉扬帮梦，赢得花船薄幸名"矣！

余自粤东归来，馆青浦两载，无快游可述。未几，芸、憨相遇，物议沸腾，芸以激愤致病。余与程墨安设一书画铺于家门之侧，聊佐汤药之需。

中秋后二日，有吴云客偕毛忆香、王星烂邀余游西山小静室，余适腕底无闲，嘱其先往。吴曰："子能出城，明午当在山前水踏桥之来鹤庵相候。"余诺之。

越日，留程守铺，余独步出阊门，至山前过水踏桥，循田塍而西。见一庵南向，门带清流，剥啄问之，应曰："客何来？"余告之。笑曰："此'得云'也，客不见匾额乎？'来鹤'已过矣！"余曰："自桥至此，未见有庵。"其人回指曰："客不见土墙中森森多竹者，即是也。"余乃返至墙下。小门深闭，门隙窥之，短篱曲径，绿竹猗猗，寂不闻人语声，叩之亦无应者。一人过，曰："墙穴有石，敲门具也。"余试连击，果有小沙弥出应。余即循径入，过小石桥，向西一折，始见山门，悬黑漆额，粉书"来鹤"二字，后有长跋，不暇细观。入门经韦陀殿，上下光洁，纤尘不染，知为好静室。忽见左廊又一小沙弥奉壶出，余大声呼问，即闻室内星烂笑曰:"何如?我谓三白决不失信也!"旋见云客出迎,曰:"候君早膳,何来之迟?"一僧继其后,向余稽首,问知为竹逸和尚。入其室,仅小屋三椽,额曰"桂轩",庭中双桂盛开。星灿、忆香群起嚷曰:"来迟罚三杯!"席上荤素精洁,酒则黄白俱备。余问曰:"公等游几处矣?"云客曰:"昨来已晚,今晨仅到得云、河亭耳。"欢饮良久。饭毕,仍自得云、河亭共游八九处,至华山而止。各有佳处,不能尽述。华山之顶有莲花峰,以时欲暮,期以后游。桂花之盛至此为最,就花下饮清茗一瓯,即乘山舆,径回来鹤。

桂轩之东另有临洁小阁,已杯盘罗列。竹逸寡言静坐而好客善饮。始则折桂催花,继则每人一令,二鼓始罢。余曰:"今夜月色甚佳,即此酣卧,未免有负清光,何处得高旷地,一玩月色,庶不虚此良夜也?"竹逸曰:"放鹤亭可登也。"云客曰:"星烂抱得琴来,未闻绝调,到彼一弹何如?"乃偕往。但见木犀香里,一路霜林,月下长空,万籁俱寂。星烂弹《梅花三弄》,飘飘欲仙。忆香亦兴发,袖出铁笛,呜呜而吹之。云客曰:"今夜石湖看月者,谁能如吾辈之乐哉?"盖吾苏八月十八日石湖行春桥下有看串月胜会,游船排挤,彻夜笙歌,名虽看月,实则挟妓哄饮而已。未几,月落霜寒,兴阑归卧。

明晨,云客谓众曰:"此地有无隐庵,极幽僻,君等有到过者否?"咸对曰:"无论未到,并未尝闻也。"竹逸曰:"无隐四面皆山,其地甚僻,僧不能久居。向年曾一至,已坍废,自尺木彭居士重修后,未尝往焉,今犹依稀识之。如欲往游,请为前导。"忆香曰："枵腹去耶？"竹逸笑曰："已备素面矣，再令道人携酒盒相从也。"面毕，步行而往。过高义园，云客欲往白云精舍，入门就坐。一僧徐步出，向云客拱手曰："违教两月，城中有何新闻？抚军在辕否？"忆香忽起曰："秃！"拂袖径出。余与星烂忍笑随之，云客、竹逸酬答数语，亦辞出。高义园即范文正公墓，白云精舍在其旁。一轩面壁，上悬藤萝，下凿一潭，广丈许，一泓清碧，有金鳞游泳其中，名曰"钵盂泉"。竹炉茶灶，位置极幽。轩后于万绿丛中，可瞰范园之概。惜衲子俗，不堪久坐耳。是时由上沙村过鸡笼山，即余与鸿干登高处也。风物依然，鸿干已死，不胜今昔之感。正惆怅间，忽流泉阻路不得进，有三五村童掘菌子于乱草中，探头而笑，似讶多人之至此者。询以无隐路，对曰："前途水大不可行，请返数武，南有小径，度岭可达。"从其言。度岭南行里许，渐觉竹树丛杂，四山环绕，径满绿茵，已无人迹。竹逸徘徊四顾曰："似在斯，而径不可辨，奈何？"余乃蹲身细瞩，于千竿竹中隐隐见乱石墙舍，径拨丛竹间，横穿入觅之，始得一门，曰"无隐禅院，某年月日南园老人彭某重修"，众喜曰："非君则武陵源矣！"山门紧闭，敲良久，无应者。忽旁开一门，呀然有声，一鹑衣少年出，面有菜色，足无完履，问曰："客何为者？"竹逸稽首曰："慕此幽静，特来瞻仰。"少年曰："如此穷山，僧散无人接待，请觅他游。"言已，闭门欲进。云客急止之，许以启门放游，必当酬谢。少年笑曰："茶叶俱无，恐慢客耳，岂望酬耶？"山门一启，即见佛面，金光与绿阴相映，庭阶石础苔积如绣，殿后台级如墙,石栏绕之。循台而西,有石形如馒头,高二丈许,细竹环其趾。再西折北,由斜廊蹑级而登,客堂三卷楹紧对大石。石下凿一小月池,清泉一派,荇藻交横。堂东即正殿,殿左西向为僧房厨灶,殿后临峭壁,树杂阴浓,仰不见天。星烂力疲,就池边小憩,余从之。将启盒小酌,忽闻忆香音在树杪,呼曰:"三白速来,此间有妙境!"仰而视之,不见其人,因与星烂循声觅之。由东厢出一小门,折北,有石蹬如梯,约数十级,于竹坞中瞥见一楼。又梯而上,八窗洞然,额曰"飞云阁"。四山抱列如城,缺西南一角,遥见一水浸天,风帆隐隐,即太湖也。倚窗俯视,风动竹梢,如翻麦浪。忆香曰:"何如?"余曰:"此妙境也。"忽又闻云客于楼西呼曰:"忆香速来,此地更有妙境!"因又下楼,折而西,十余级,忽豁然开朗,平坦如台。度其地,已在殿后峭壁之上,残砖缺础尚存,盖亦昔日之殿基也。周望环山,较阁更畅。忆香对太湖长啸一声,则群山齐应。乃席地开樽,忽愁枵腹,少年欲烹焦饭代茶,随令改茶为粥,邀与同啖。询其何以冷落至此,曰:"四无居邻,夜多暴客,积粮时来强窃,即植蔬果,亦半为樵子所有。此为崇宁寺下院,长厨中月送饭干一石、盐菜一坛而已。某为彭姓裔,暂居看守,行将归去,不久当无人迹矣。"云客谢以番银一圆。

返至来鹤,买舟而归。余绘《无隐图》一幅,以赠竹逸,志快游也。

是年冬,余为友人作中保所累,家庭失欢,寄居锡山华氏。明年春,将之维扬而短于资,有故人韩春泉在上洋幕府,因往访焉。衣敝履穿，不堪入署，投札约晤于郡庙园亭中。及出见，知余愁苦，慨助十金。园为洋商捐施而成，极为阔大，惜点缀各景，杂乱无章，后叠山石，亦无起伏照应。归途忽思虞山之胜，适有便舟附之。时当春仲，桃李争研，逆旅行踪，苦无伴侣，乃怀青铜三百，信步至虞山书院。墙外仰瞩，见丛树交花，娇红稚绿，傍水依山，极饶幽趣。惜不得其门而入，问途以往，遇设篷瀹茗者，就之，烹碧罗春，饮之极佳。询虞山何处最胜，一游者曰："从此出西关，近剑门，亦虞山最佳处也，君欲往，请为前导。"余欣然从之。出西门，循山脚，高低约数里，渐见山峰屹立，石作横纹，至则一山中分，两壁凹凸，高数十仞，近而仰视，势将倾堕。其人曰："相传上有洞府，多仙景，惜无径可登。"余兴发，挽袖卷衣，猿攀而上，直造其巅。所谓洞府者，深仅丈许，上有石罅，洞然见天。俯首下视，腿软欲堕。乃以腹面壁，依藤附蔓而下。其人叹曰："壮哉！游兴之豪，未见有如君者。"余口渴思饮，邀其人就野店沽饮三杯。阳乌将落，未得遍游，拾赭石十余块，怀之归寓，负笈搭夜航至苏，仍返锡山。此余愁苦中之快游也。

嘉庆甲子春，痛遭先君之变，行将弃家远遁，友人夏挥山挽留其家。秋八月，邀余同往东海永泰沙勘收花息。沙隶崇明。出刘河口，航海百余里。新涨初辟，尚无街市。茫茫芦荻，绝少人烟，仅有同业丁氏仓库数十椽，四面掘沟河，筑堤栽柳绕于外。丁字实初，家于崇，为一沙之首户；司会计者姓王。俱豪爽好客，不拘礼节，与余乍见即同故交。宰猪为饷，倾瓮为饮。令则拇战，不知诗文；歌则号呶，不讲音律。酒酣，挥工人舞拳相扑为戏。蓄牯牛百余头，皆露宿堤上。养鹅为号，以防海盗。日则驱鹰犬猎于芦丛沙渚间，所获多飞禽。余亦从之驰逐，倦则卧。引至园田成熟处，每一字号圈筑高堤，以防潮汛。堤中通有水窦，用闸启闭，旱则长潮时启闸灌之，潦则落潮时开闸泄之。佃人皆散处如列星，一呼俱集，称业户曰"产主"，唯唯听命，朴诚可爱。而激之非义，则野横过于狼虎；幸一言公平，率然拜服。风雨晦明，恍同太古。卧床外瞩即睹洪涛，枕畔潮声如鸣金鼓。一夜，忽见数十里外有红灯大如栲栳，浮于海中，又见红光烛天，势同失火，实初曰："此处起现神灯神火，不久又将涨出沙田矣。"揖山兴致素豪，至此益放。余更肆无忌惮，牛背狂歌，沙头醉舞，随其兴之所至，真生平无拘之快游也。事竣，十月始归。

吾苏虎丘之胜，余取后山之千顷云一处，次则剑池而已，余皆半借人工，且为脂粉所污，已失山林本相。即新起之白公祠、塔影桥，不过留雅名耳。其冶坊浜，余戏改为"野芳滨"，更不过脂乡粉队，徒形其妖冶而已。其在城中最著名之狮子林，虽曰云林手笔，且石质玲珑，中多古木，然以大势观之，竟同乱堆煤渣，积以苔藓，穿以蚁灾，全无山林气势。以余管窥所及，不知其妙。灵岩山，为吴王馆娃宫故址，上有西施洞、响屧廊、采香径诸胜，而其势散漫，旷无收束，不及天平、支硎之别饶幽趣。

邓尉山一名元墓，西背太湖，东对锦峰，丹崖翠阁，望如图画。居人种梅为业，花开数十里，一望如积雪，故名"香雪海"。

山之左有古柏四树,名之曰"清、奇、古、怪":清者,一株挺直,茂如翠盖;奇者,卧地三曲,形"之"字;古者,秃顶扁阔,半朽如掌;怪者,体似旋螺,枝干皆然。相传汉以前物也。

乙丑孟春,揖山尊人莼芗先生偕其弟介石,率子侄四人,往蟪山家祠春祭,兼扫祖墓,招余同往。顺道先至灵岩山,出虎山桥,由费家河进香雪海观梅。蟪山祠宇即藏于香雪海中,时花正盛,咳吐俱香,余曾为介石画《蟪山风木图》十二册。是年九月,余从石琢堂殿撰赴四川重庆府之任,溯长江而上,舟抵皖城。皖山之麓,有元季忠臣余公之墓,墓侧有堂三楹,名曰"大观亭",面临南湖,背倚潜山。亭在山脊,眺远颇畅。旁有深廊,北窗洞开,时值霜叶初红,烂如桃李。同游者为蒋寿朋、蔡子琴。南城外又有王氏园,其地长于东西,短于南北,盖北紧背城、南则临湖故也。既限于地,颇难位置,而观其结构,作重台叠馆之法。重台者,屋上作月台为庭院,叠石栽花于上,使游人不知脚下有屋。盖上叠石者则下实,上庭院者则下虚,故花木仍得地气而生也。叠馆者,楼上作轩,轩上再作平台。上下盘折,重叠四层,且有小池,水不漏泄,竟莫测其何虚何实。其立脚全用砖石为之,承重处仿照西洋立柱法。幸面对南湖,目无所阻,骋怀游览,胜于平园。真人工之奇绝者也。

　　武昌黄鹤楼在黄鹄矶上，后迤黄鹄山，俗呼为蛇山。楼有三层，画栋飞檐，倚城屹峙，面临汉江，与汉阳晴川阁相对。余与琢堂冒雪登焉，俯视长空，琼花飞舞，遥指银山玉树，恍如身在瑶台。江中往来小艇，纵横掀播，如浪卷残叶，名利之心至此一冷。壁间题咏甚多，不能记忆，但记楹对有云："何时黄鹤重来，且共倒金樽，浇洲渚千年芳草；但见白云飞去，更谁吹玉笛，落江城五月梅花。"

　　黄州赤壁在府城汉川门外，屹立江滨，截然如壁。石皆绛色，故名焉。《水经》谓之赤鼻山，东坡游此作二赋，指为吴魏交兵处，则非也。壁下已成陆地，上有二赋亭。

　　是年仲冬抵荆州。琢堂得升潼关观察之信，留余住荆州，余以未得见蜀中山水为怅。时琢堂入川，而哲嗣敦夫眷属及蔡子琴、席芝堂俱留于荆州，居刘氏废园。余记其厅额曰"紫藤红树山房"。庭阶围以石栏，凿方池一亩；池中建一亭，有石桥通焉；亭后筑土垒石，杂树丛生；余多旷地，楼阁俱倾颓矣。客中无事，或吟或啸，或出游，或聚谈。岁暮虽资斧不继，而上下雍雍，典衣沽酒，且置锣鼓敲之。每夜必酌，每酌必令。窘则四两烧刀，亦必大施觞政。遇同乡蔡姓者，蔡子琴与叙宗系，乃其族子也，倩其导游名胜。至府学前之曲江楼，昔张九龄为长史时，赋诗其上，朱子亦有诗曰："相思欲回首，但上曲江楼。"城上又有雄楚楼，五代时高氏所建。规模雄峻，极目可数百里。绕城傍水，尽植垂杨,小舟荡桨往来,颇有画意。荆州府署即关壮缪帅府,仪门内有青石断马槽,相传即赤兔马食槽也。访罗含宅于城西小湖上,不遇。又访宋玉故宅于城北。昔庾信遇侯景之乱,遁归江陵,居宋玉故宅,继改为酒家,今则不可复识矣。

是年大除,雪后极寒,献岁发春,无贺年之扰,日惟燃纸炮、放纸鸢、扎纸灯以为乐。既而风传花信,雨濯春尘,琢堂诸姬携其少女幼子顺川流而下,敦夫乃重整行装,合帮而走。由樊城登陆,直赴潼关。

由山南阌乡县西出函谷关,有"紫气东来"四字,即老子乘青牛所过之地。两山夹道,仅容二马并行。约十里即潼关,左背峭壁,右临黄河,关在山河之间扼喉而起,重楼垒垛,极其雄峻。而车马寂然,人烟亦稀。昌黎诗曰"日照潼关四扇开",殆亦言其冷落耶?

城中观察之下,仅一别驾。道署紧靠北城,后有园圃,横长约三亩。东西凿两池,水从西南墙外而入,东流至两池间,支分三道:一向南至大厨房,以供日用;一向东入东池;一向北折西、由石螭口中喷入西池,绕至西北,设闸泄泻,由城脚转北,穿窦而出,直下黄河。日夜环流,殊清人耳。竹树阴浓,仰不见天。西池中有亭,藕花绕左右。东有面南书室三间,庭有葡萄架,下设方石,可弈可饮,以外皆菊畦。西有面东轩屋三间,坐其中可听流水声。轩南有小门可通内室。轩北窗下另凿小池,池之北有小庙,祀花神。园正中筑三层楼一座,紧靠北城,高与城齐,俯视城外即黄河也。河之北,山如屏列,已属山西界。真洋洋大观也！余居园南，屋如舟式，庭有土山，上有小亭，登之可览园中之概，绿阴四合，夏无暑气。琢堂为余额其斋曰"不系之舟"。此余幕游以来第一好居室也。土山之间，艺菊数十种，惜未及含葩，而琢堂调山左廉访矣。眷属移寓潼川书院，余亦随往院中居焉。

琢堂先赴任，余与子琴、芝堂等无事，辄出游。乘骑至华阴庙，过华封里，即尧时三祝处。庙内多秦槐汉柏，大皆三四抱，有槐中抱柏而生者，柏中抱槐而生者。殿廷古碑甚多，内有陈希夷书"福""寿"字。华山之脚有玉泉院，即希夷先生化形骨蜕处。有石洞如斗室，塑先生卧像于石床。其地水净沙明，草多绛色，泉流甚急，修竹绕之。洞外一方亭，额曰"无忧亭"。旁有古树三株，纹如裂炭，叶似槐而色深，不知其名，土人即呼曰"无忧树"。太华之高不知几千仞，惜未能裹粮往登焉。归途见林柿正黄，就马上摘食之，土人呼止弗听，嚼之涩甚，急吐去。下骑觅泉漱口，始能言，土人大笑。盖柿须摘下煮一沸，始去其涩，余不知也。

十月初，琢堂自山东专人来接眷属，遂出潼关，由河南入鲁。山东济南府城内，西有大明湖，其中有历下亭、水香亭诸胜。夏月柳阴浓处，菡萏香来，载酒泛舟，极有幽趣。余冬日往视，但见衰柳寒烟，一水茫茫而已。趵突泉为济南七十二泉之冠，泉分三眼，从地底怒涌突起，势如腾沸。凡泉皆从上而下，此独从下而上，亦一奇也。池上有楼，供吕祖像，游者多于此品茶焉。明年二月，余就馆莱阳。至丁卯秋，琢堂降官翰林，余亦入都。所谓登州海市，竟无从一见。

图书在版编目(CIP)数据

浮生六记：纯美悦读/(清)沈复著；半枝半影译.--北京：中国华侨出版社，2018.2（2024.3重印）
ISBN 978-7-5113-7338-0

Ⅰ.①浮… Ⅱ.①沈…②半… Ⅲ.①古典散文—散文集—中国—清代 Ⅳ.①I264.9

中国版本图书馆 CIP 数据核字（2018）第 011911 号

浮生六记：纯美悦读

著　　者：	〔清〕沈　复
译　　者：	半枝半影
责任编辑：	姜薇薇
封面设计：	冬　凡
美术编辑：	李丹丹
插图绘制：	朱　杰
经　　销：	新华书店
开　　本：	880mm×1230mm　1/32 开　印张：8.5　字数：240 千字
印　　刷：	三河市华成印务有限公司
版　　次：	2018 年 4 月第 1 版
印　　次：	2024 年 3 月第 14 次印刷
书　　号：	ISBN 978-7-5113-7338-0
定　　价：	36.00 元

中国华侨出版社　北京市朝阳区西坝河东里 77 号楼底商 5 号　邮编：100028
发行部：（010）88893001　　传　真：（010）62707370

如果发现印装质量问题，影响阅读，请与印刷厂联系调换。